廣嶋玲子 作
東京モノノケ 絵

もののけ屋

三度の飯《めし》より妖《よう》怪《かい》が好《す》き

もくじ

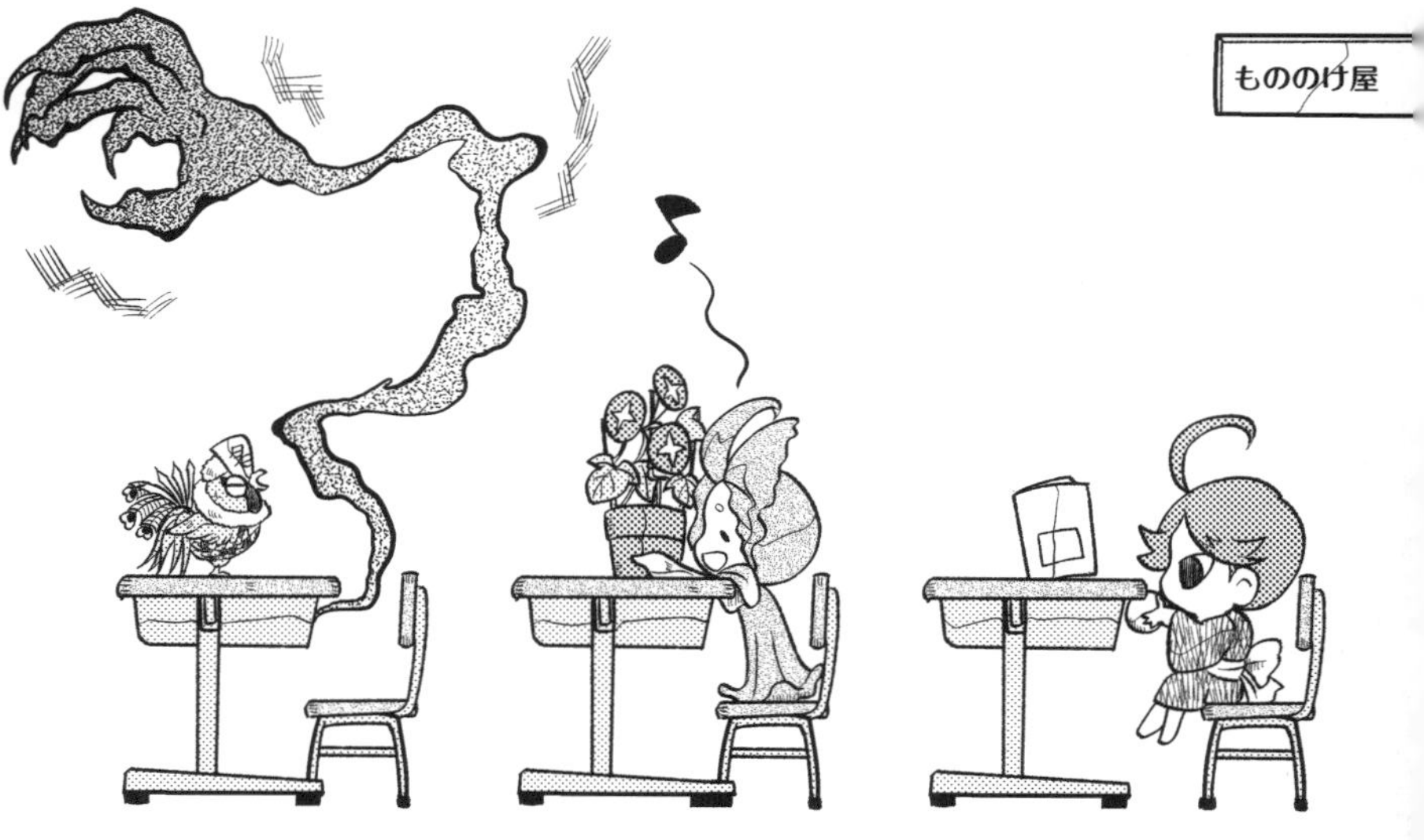

もののけ学
A
B

もののけ屋　三度の飯より妖怪が好き

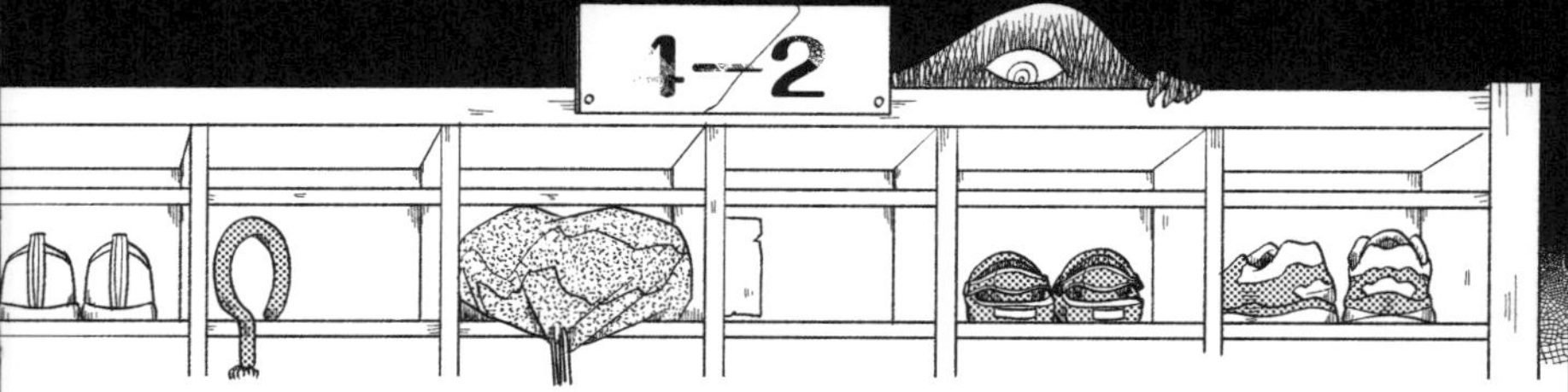

ちょっとちょっと、あんた。誰《だれ》ですか？　えっ？　新しく来た先生？なんだ。それならそうと、早く言ってくれればいいのに。

しかし……なんていうか、ずいぶん変《か》わった服装《ふくそう》してますねぇ。そんなど派手《はで》な着物、いったい、どこで買ったんです？　そんな姿《すがた》でうろうろされたら、こっちだって、不審者《ふしんしゃ》かって思っちゃいますよ。

ん？　普通《ふつう》の先生じゃなくて、カウンセラー？　その格好《かっこう》も、子供《こども》たちの気をひくため？

へえ、今はいろいろな先生がいるんですねぇ。

まあ、ここだけの話、うちの学校はトラブルだらけですからね。変《へん》なものを見たとか、怖《こわ》い目にあったとか、そういうことを言う子がけっこういるって話だ。

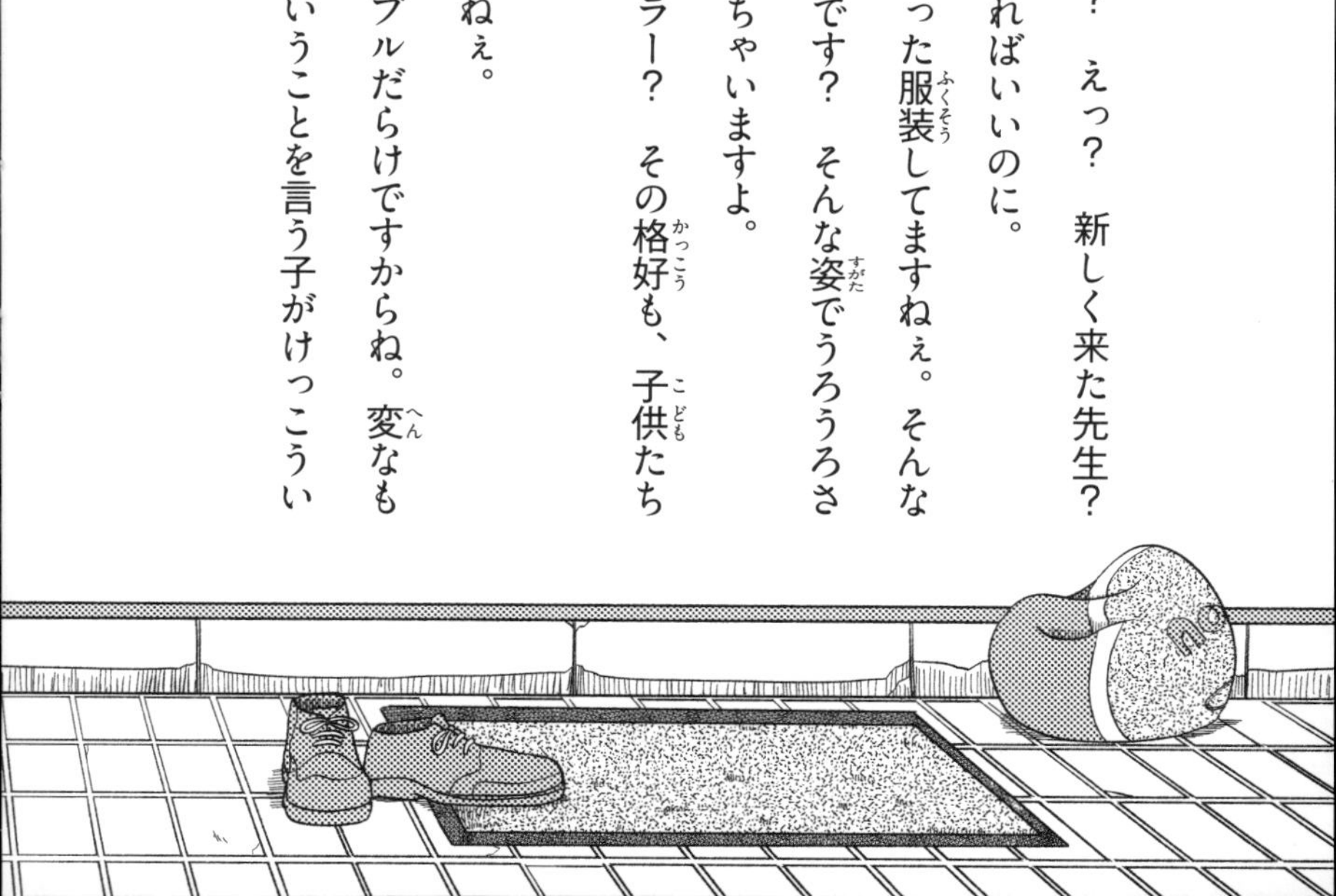

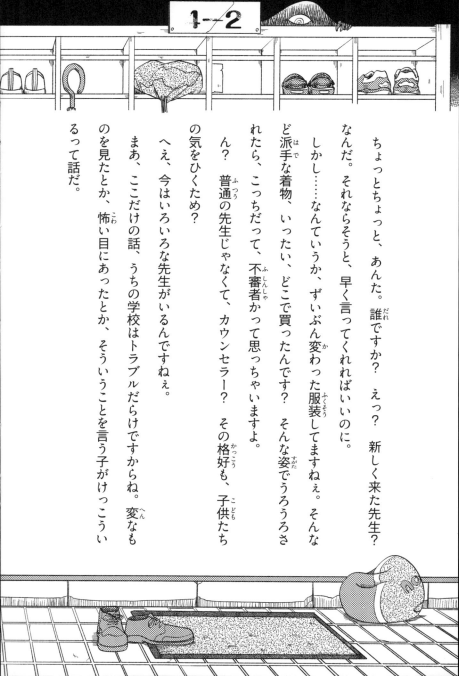

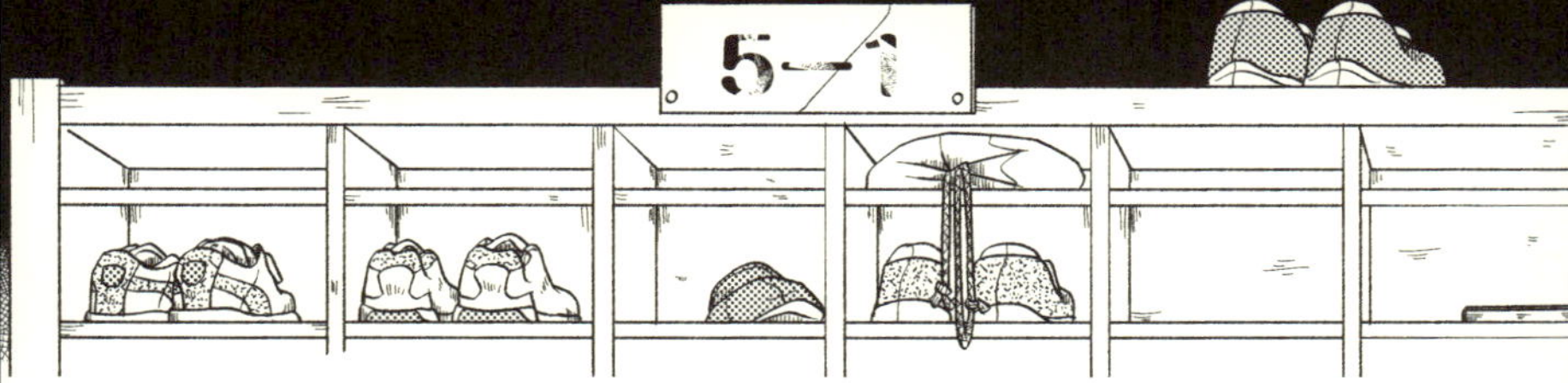

というかね、ここはあんまりよくない土地なんですよ。もともとは合戦《かっせん》場《ば》だったとか、大きな墓《はか》があったとかで、年寄《としよ》りたちはそりゃあ嫌《きら》っていてね。学校が建《た》つのも、ずいぶん反対したそうです。

でも、なにしろ土地が安いんで、結局《けっきょく》建てられてしまった。それ以来、トラブル続《つづ》きです。やっぱり、よくないんでしょうね、土地が。

あ、こりゃ失礼《しつれい》。来たばかりの先生を怖《こわ》がらせちまいましたね。

え？　全然《ぜんぜん》怖くない？　むしろ楽しみ？

んん～。カウンセラーの先生ってのは、変《か》わってるんですねぇ。それとも……。

おたくが変わり者なのかな？

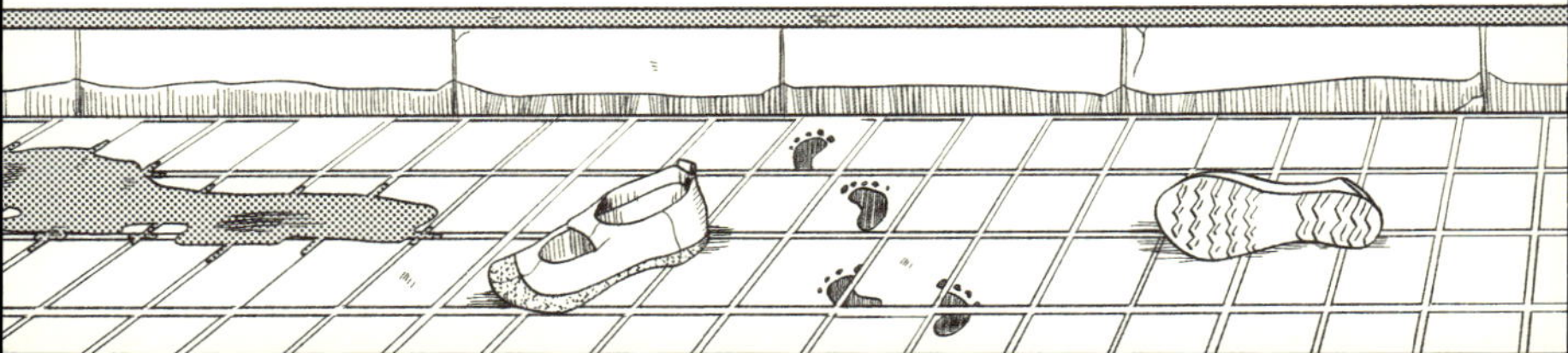

厄喰い《やくぐい》

「また忘《わす》れた……」

ランドセルをのぞきこんで、新之助《しんのすけ》はがっくりした。

明日は音楽の授業《じゅぎょう》でリコーダーを使うから、絶対《ぜったい》に忘れないように。

昨日《きのう》、先生がそう言ったので、新之助は、すぐに自分の手に「リコーダー」と、ペンで書いておいた。こうしておけば、絶対に忘れない。帰ったら、まずリコーダーをランドセルに入れてしまえばいい。

それなのに、忘れた。家の玄関《げんかん》にたどりついて、手を洗《あら》って、おやつを食べて……。あれよあれよという間に、次の日の朝になって、「遅刻《ちこく》だぁ！」と、大慌《おおあわ》てで学校まで走って……。

で、ランドセルを見れば、リコーダーなどどこにもない。

「ああ、もう！　どうして、俺《おれ》って、こうなんだ？」

そう。新之助はおっちょこちょいなのだ。ことに、忘れ物をすることにかけては天才的で、ほぼ毎日、なにかしらやらかしている。おかげで、「忘れ物キング」というあだ名さえ付《つ》けられてしまって、情《なさ》けないったらない。

新之助《しんのすけ》より勉強ができない健太《けんた》だって、新之助よりも忘《わす》れ物をしないってだけで、えばってくる。みんなに馬鹿《ばか》にされ、先生にまで「藤堂《とうどう》君、今日の忘れ物は？」と、毎朝聞かれる始末《しまつ》だ。

ああ、いやだいやだ。幼稚園《ようちえん》までは忘れ物なんか、したことがなかったのに。小学校にあがってからは毎日だ。それがもう四年も続《つづ》いている。

小学四年生にもなって、忘れ物ばかりやらかす自分が恥《は》ずかしくてたまらなかった。それなのに、どんなに気をつけていても、また忘れてしまう。

（俺《おれ》って、どっかおかしいのかな？　頭の病気だったりしたら、どうしよう）

そんな不安《ふあん》さえ生まれてきた。

これ以上《いじょう》、この教室にいられない。みんなにまた笑《わら》われる前に、逃《に》げ出さないと。

新之助はさりげなく立ち上がった。隣《となり》の席《せき》の湯川《ゆかわ》が、目ざとく気づいて、声をかけてきた。

「なんだよ、新之助《しんのすけ》。これからホームルームだぞ」

「悪い。俺《おれ》、なんか頭痛《いた》いんだ。保健室《ほけんしつ》行ってくるから、先生にそう言っといて」

「ふうん。また忘《わす》れ物して、頭が痛くなったんじゃね？」

「な！　んなわけあるか！」

怒鳴《どな》りつけておいて、新之助は教室を飛《と》び出した。顔が熱《あつ》くて、かっかとした。このまま熱《ねつ》が上がって、早退《そうたい》できたらいいのに。ああ、俺ってほんとだめだ。だめなやつだ。

落ちこんだまま、新之助は保健室へ行った。中に入る前に、できるだけ具合の悪そうな顔を作った。保健の先生が心配してくれるといいんだけど。

「失礼《しつれい》します」

声をかけてから、新之助は保健室の戸をあけて、中に入った。

「すみません。俺、なんか頭痛くて」

「あらぁ、それは大変《たいへん》ねぇ」

答えてきたのは、聞いたことのない声だった。柔《やわ》らかい男の声。

おかしいぞと、新之助《しんのすけ》は慌《あわ》てた。

保健室《ほけんしつ》の先生は、楠本《くすもと》先生と言って、ベテランのおばちゃん先生だ。なのに、男の声がするなんて。

保健室を見まわし、新之助はさらにぎょっとした。

いたのだ、変《へん》なやつが。

デスクのところに、ででんと、大きな男が座《すわ》っていた。ぼうず頭で、耳には大きな金のイヤリングをつけ、赤白のチェック柄《がら》の着物に、ど派手《はで》な羽織《はおり》をずろりとひっかけている。目はぎょろりと大きく、むっちりとした口元は笑《え》みを浮《う》かべ、なんとも怪《あや》しい雰囲気《ふんいき》だ。

ちなみに、楠本先生の姿《すがた》はどこにもない。

どうなってるんだと、新之助はおろおろとした。なんだかやばい感じがする。ほかの先生を呼《よ》びに行ったほうがいいんじゃないか？

ころの問題
少年健全育成週間
今週の予定
23日(月) 5年生 体力テスト
24日(火) 6年生 体力テスト
25日(水) 全体集会
26日(木) 4年生 保健授業
27日(金) 出張

そう思った時、男が口を開いた。

「どうもぉ。藤堂新之助《とうどうしんのすけ》君ね。こんな朝から頭が痛《いた》くなったってことは、また忘《わす》れ物したのかしらぁ？」

「ひっ！」

いろいろな意味で、新之助は目玉がとびだしそうになった。

なんで、こんな変《へん》なやつが俺《おれ》の名前を知ってるの？　それに、どうして俺が忘れ物したって、わかったんだ？

んふふと、男が笑《わら》った。

「どうしてって思ってるんでしょ？　答えは簡単《かんたん》。あたしはね、この学校のカウンセラーとして来たの。いろいろと問題のある子供《こども》の、悩《なや》みを解決《かいけつ》するためにね」

「……………」

「あら、うそだって思ってるわね？　んふ。まあ、確《たし》かにカウンセラーっていうのはうそ。でも、悩みを消しに来たというのは本当よ」

にっと、男が笑《わら》った。

「あたしはもののけ屋。悩《なや》める子供《こども》に、もののけの力を貸《か》すのが役目。新之助《しんのすけ》君、あなた、忘《わす》れ物をしないようになりたくはない？　あたしがもののけを貸せば、それは叶《かな》えられるんだけど、どうかしら？」

どくんどくんと、新之助の心臓《しんぞう》が早く脈打《みゃくう》ちだした。

もののけとやらを借《か》りれば、忘れ物をしなくなるってことか？　つまり、みんなやに笑《わら》われたり、馬鹿《ばか》にされたりしなくなるってこと？　この男はめちゃくちゃ怪《あや》しすぎるけど、でも、でも……。

悩んだのはほんの一瞬《いっしゅん》で、新之助はすぐにうなずいた。

「もののけ貸してよ、おじさん」

「おじさんじゃなくて、も・の・の・け・屋！　おじさんって呼《よ》ばれるの、好《す》きじゃないのよ」

口をとがらせながら、もののけ屋は手を出してきた。グローブのように大きな手だが、指のつめにはきれいな色のマニキュアがぬってある。

「では、貸出契約《かしだしけいやく》の握手《あくしゅ》といきましょ。ほら、手を出してちょうだいな」

「う、うん」

恐《おそ》る恐る新之助《しんのすけ》が出した手を、もののけ屋はぎゅっとにぎった。

その瞬間《しゅんかん》、おかしなことが起きた。もののけ屋が着ている派手《はで》な羽織《はおり》が、ぐらっと、ゆれ動いたように見えたのだ。

いや、勘違《かんちが》いなんかじゃない。羽織の中の柄《がら》が、風にゆれる木立《こだち》のようにざわめいている。動物？　いや、見たこともない生き物や道具のような形をしたものだ。

（なんだ、これ……）

目をこらしかけたとき、握手をしている手のひらがかっと熱《あつ》くなった。なにか熱いものがはねてきたかのようだ。

慌《あわ》てて手をひっこぬき、見てみた。うっすらと、小さな絵のようなものが手のひらにはりついていた。子供《こども》のように見えた。緑の着物を着ていて、両手に筆と丸いボールを持っている。

でも、それは見る間にうすれて、消えてしまった。

あっけにとられている新之助《しんのすけ》に、もののけ屋はにっこりした。

「さあ、これで貸《か》し出し完了《かんりょう》よ。厄喰《やくぐ》いちゃんのこと、大事にしてやって」

「や、厄喰い？」

「ええ。今、貸してあげたもののけの名前。毎日感謝《かんしゃ》を忘《わす》れなければ、ふふ、もしかしたらすっごくいいことをしてくれるかもしれなくてよ」

意味不明《ふめい》のことを言ったあと、もののけ屋は立ち上がった。新之助は驚《おどろ》いた。いままで座《すわ》っていたからわからなかったのだが、もののけ屋はすごく背《せ》が高かったのだ。

軽やかな足取りでドアのところまで行くと、もののけ屋は、さあっと、うながした。

「そろそろ教室にお戻《もど》りなさいな。ホームルームが始まる時間よ」

「う、うん。……ありがと」

「どういたしまして」

こうして、新之助《しんのすけ》は保健室《ほけんしつ》の外へと出たのだ。出たあとしばらくは、なんだか頭がぼうっとしていた。夢《ゆめ》でも見ていた気分だ。

本当に、もののけ屋なんていたんだろうか？　もう一度ドアをあけて、保健室の中を確《たし》かめてみようか？

だが、そうする前に、担任《たんにん》の松前《まつまえ》先生が反対側《がわ》の職員室《しょくいんしつ》から出てくるのが見えた。

「やっべ！」

新之助は大慌《おおあわ》てで走り出した。忘《わす》れ物をしたあげく、ホームルームにまで遅刻《ちこく》したら、それこそ最悪《さいあく》だ。

必死《ひっし》で階段《かいだん》をかけのぼったおかげで、なんとか先生よりも早く教室に戻《もど》ってこられた。

「なんだよ、新之助。頭痛《いた》いんじゃなかったの？」

「うっさい！　治《なお》ったよ！」

からかってくる湯川《ゆかわ》にかみつきながら、新之助は自分の席《せき》についた。

先生が入ってきて、ホームルームが始まった。新之助《しんのすけ》はじっとうつむいていた。またいつものように、「今日は忘《わす》れ物をした人はいませんね?」と、先生は言ってくるのだろう。ちらちらと、新之助のほうを見ながら。

ああ、やな時間だ。そりゃ、リコーダーを忘れた俺《おれ》が悪いんだけどさ。でも、誰《だれ》か助けてくれよ! 笑《わら》われるのは、もうたくさんなんだ!

「だいじょうぶ」

かすかな声がした。聞いたことがない、あどけない声。

なんだと思ったとき、新之助の頭の中に不思議《ふしぎ》な光景《こうけい》が浮《う》かびあがってきた。男の子がいた。五歳《さい》くらいの、小さな男の子。まじめな顔をして、白い小さなボールに、筆で何かを書いている。「わすれもの」と、書いているんだと、新之助にはなぜかわかった。

男の子が字を書き終わると、白いボールが見る間に赤くなっていった。ボールじゃなくて、果物《くだもの》だったらしい。白から赤に変《か》わった。それだけなのに、すごくおいしそうに見えてきたのだから不思議《ふしぎ》だ。

それに香《かお》り。にわかに甘《あま》い香りが漂《ただよ》ってきたものだから、思わず新之助《しんのすけ》はつばをのみこんだ。

頼《たの》んだら、少し分けてくれるかなぁ。

そんなことを考えたときだ。熟《じゅく》した果物《くだもの》に、男の子がかぶりついた。おいしそうに目を細め、ほんの数口で果物をたいらげてしまったのだ。

がっかりして、新之助はため息をついた。一口だけでも食べてみたかったのに。もうひとつ、持っていないかと、思い切って尋《たず》ねようとした。だが、そうする前に、男の子の姿《すがた》はすっと消えたのだ。

「えっ……」

はっと我《われ》に返ると、新之助は自分の教室に戻《もど》っていた。新之助もほかの子供《こども》たちも、みんなそれぞれの席《せき》に座《すわ》っていて、担任《たんにん》の松前《まつまえ》先生は今日のニュースのことなんかをしゃべっている。

新之助《しんのすけ》は目をぱちぱちさせた。今のは、夢《ゆめ》でも見ていたんだろうか。

ぼんやりしている新之助の前で、先生が話を切り上げるそぶりを見せた。

「では、今朝のホームルームはこれで終わりです。一時間目は国語だから、教科書を出しといてください」

「はーい！」

「あ、そうそう。三時間目の音楽の授業《じゅぎょう》は中止。音楽の先生が急にお休みになったから、自習ですって」

やったーと、みんなははしゃいだ声をあげた。自習というのはなんか得《とく》した気分になれる。

だが、うきうき顔の子供《こども》たちの中で、新之助だけはこわばった顔をしていた。

音楽の授業がなくなった！　つまり、今日はリコーダーを使わない。新之助がリコーダーを忘《わす》れたことも、これでちゃらってことになる。

いや、それだけじゃない。

新之助《しんのすけ》は気づいた。今日の先生は、「忘《わす》れ物をした人はいませんか？」と言わなかった。いつも、必《かなら》ず言うのに。必ず言っては、新之助のほうを見るのに。

ふいに、あの不思議《ふしぎ》な男の子のことが頭に浮《う》かんだ。あの子が、「わすれもの」と書いた果物《くだもの》を食べたから、新之助の「忘れ物」がなくなった？

ばかばかしい話だけれど、どうしてもそんな気がしてならない。

いやいや、これはただの偶然《ぐうぜん》なのかもしれない。もうちょっと様子を見てみよう。

うやむやな気持ちをおしころして、新之助は国語の教科書をとりだした。

結局《けっきょく》、その日一日、新之助が忘れ物のことでからかわれることはなく、新之助はほっとした。

だが、問題は明日だ。明日はどうなるんだろう？　いっそのこと、わざと忘れ物をして、もののけの力を試《ため》してみようか？　いやいや、それはまずい。やっぱり、何も忘れないようにするのがいちばんだ。

明日こそやらかさないぞと、新之助は心に決めた。

そして次の日……。

新之助《しんのすけ》はやっぱり忘《わす》れ物をしてしまった。今回は、友達《ともだち》の勇樹《ゆうき》から借《か》りたマンガだ。「絶対《ぜったい》、明日返してくれよな」と、勇樹に念《ねん》を押《お》されていたのに。いったんは、ちゃんとランドセルに入れたのに。もう一度だけ読みなおそうと取り出して、それで忘れてしまった。

ああ、ばかばか！　どうしよう。今日返さなかったら、勇樹はきっと怒《おこ》るだろう。二度と本やマンガを貸《か》してくれなくなるかも。それどころか、「俺《おれ》、おまえと友達やめる」と、言うかもしれない。

それが恐《おそ》ろしくて、新之助は勇樹のほうをまともに見られなかった。

と、勇樹がこちらに近づいてきた。

ああ、だめだ！　おしまいだ！

「だいじょうぶ」

聞き覚《おぼ》えのある、あどけない声がしたかと思うと、新之助の目の前に幻《まぼろし》が現《あらわ》れた。

あの着物を着た男の子だ。白い果物《くだもの》にさらさらと筆を走らせている。

そして、昨日《きのう》とまったく同じことが起こった。白い果物が赤くなり、男の子がおいしそうにかぶりつく。

そこで幻《まぼろし》は消えた。

目をぱちくりさせていた新之助《しんのすけ》だが、ふいに肩《かた》をこづかれて、我《われ》に返った。

「おい、新之助ってばよ！」

横を見れば、勇樹《ゆうき》がいた。

「あ……あ、なんだ、勇樹……」

「なんだじゃないだろ。あのさ、マンガのことなんだけどさ」

「……っ！」

「あのマンガさ、もうしばらく貸《か》しといてやるよ」

勇樹の思わぬ言葉に、新之助はびっくりしてしまった。あれだけ「明日絶対《ぜったい》に返せよ」と言っていたのに。

「……あの、いいの？」

「ああ。じつはさ、うちの母ちゃんが、マンガ買いすぎだって、怒《おこ》っててさ。減《へ》らせ、捨《す》てろって怒鳴《どな》るんだよ。おまえんとこに置《お》いといてもらったほうが、安全そうだからさ」

そういうわけで頼《たの》むわと、勇樹《ゆうき》はすたすたと歩いていってしまった。

新之助《しんのすけ》は肩《かた》の力を抜《ぬ》いた。まただ。また、「忘《わす》れ物」のことで怒《おこ》られずにすんだ。

これはもう、偶然《ぐうぜん》なんかじゃない。もののけの力に間違《まちが》いない。

やっとうれしさがこみあげてきた。

やったぞ。これでもう、忘れ物をしても、いやな思いをしなくてすむんだ。

それからも、新之助は毎日忘れ物をした。でも、「まずい！　困《こま》った！」と思うたびに、あの男の子の幻《まぼろし》が現《あらわ》れた。幻はいつも、男の子が果物《くだもの》をたいらげたところで終わる。そして、新之助の「忘れ物」に関《かん》する問題は消えるのだ。まったくありがたい力だ。

新之助《しんのすけ》は幻《まぼろし》の男の子が出てくるたびに、「今日もよろしく!」とか「いつもサンキュー」と、声をかけるようになった。そう声をかけると、男の子のほうもなんとなくうれしそうだった。

ちなみに、保健室《ほけんしつ》にはなるべく近づかないようにした。保健室には、まだあのもののけ屋が居座《いすわ》っているかもしれない。「そろそろ、もののけを返して」と言われるのはごめんだ。

そんなこんなで二週間ほどが過《す》ぎた。新之助にとっては最高《さいこう》の二週間だった。誰《だれ》からも「忘《わす》れ物キング」と呼《よ》ばれなかったし、「教科書見せてくれ? またかよぉ!」と、文句《もんく》を言われることもない。

このころには、「忘れ物をしないようにしよう」とさえ思わなくなっていた。忘れ物をしても困《こま》らないのだから、気をつける必要《ひつよう》もないわけだ。

そんなある日、新之助は夢《ゆめ》を見た。夢には、あの男の子が出てきた。いつものように、果物《くだもの》に字を書いている。

のぞきこんでみて、新之助《しんのすけ》は驚《おどろ》いた。いつもは「わすれもの」と書くのに、今回は違《ちが》う。新之助の知らない、難《むずか》しい漢字を書いているのだ。

「お、おい。どうしちゃったんだよ?」

でも、男の子は答えず、筆を動かすだけだ。

と、どくんと、果物《くだもの》が大きく跳《は》ねた。その色がみるみる赤へ、さらにあざやかなオレンジ色へと変《か》わっていく。しまいには、まばゆいほどの金色となった。放つ香《かお》りも、いままでとはくらべものにならないくらい、強くかぐわしい。

にっと、男の子が初《はじ》めて笑《わら》った。うれしそうな、満足《まんぞく》そうな笑顔《えがお》。でも、なにやら怖《こわ》い。ぞっとしている新之助の前で、男の子は金の果物にばくりとかじりついた。

ここで、新之助は目を覚《さ》ましたのだ。

「な、なんだったんだ?」

わけがわからないけれど、どうも気になる夢《ゆめ》だった。

気分のさえないまま、新之助は学校に行った。机《つくえ》について、ランドセルを開けた。

「いけね！」

今日の忘《わす》れ物は体操着《たいそうぎ》だ。昨日《きのう》、ランドセルの横に置《お》いておいたのに。なんでこう、うっかり屋なんだろう。でもまあ、いいか。あの男の子がいつもどおり、うまくやってくれるだろう。

気楽に考えていると、先生が教室にやってきた。

「おはようございます、みなさん。今日も楽しくまじめに一日を過《す》ごしましょうね。そうそう。一時間目は体育だけど……」

きた！

新之助《しんのすけ》は喜《よろこ》んだ。自分が体操着を忘れた以上《いじょう》、体育の授業《じゅぎょう》はきっと中止になる。さすがはもののけ。いいぞいいぞ。

だが……。

「今日は校庭がぬかるんでいるので、体育館でバスケットをやります。ということで、みんな、早めに体操着に着替《きが》えてくださいね」

先生の言葉に、しめしめと笑《わら》っていた新之助《しんのすけ》は真っ青になった。思わず声をあげてしまった。

「うそだ！」

「うわ、びっくりした。なんですか、藤堂《とうどう》君。いきなり大声出して」

「あ、いえ……ほ、ほんとに体育の授業《じゅぎょう》、やるんですか？」

「やりますよ、もちろん」

「……自習、じゃないの？」

「何を言ってるんです？　ん？　さては、藤堂君。体操着《たいそうぎ》を忘《わす》れたんですね」

「………」

顔を真っ赤にする新之助に、どわっと、クラスじゅうの子が笑《わら》った。先生もあきれたように首をふった。

「まったく。しばらく忘れ物をしていないから、もういいかなぁっと思っていたんですけどねぇ。忘れ物キング、復活《ふっかつ》ですか？　先生、悲しいですよ」

「……くっ！」

「しかたないから、藤堂《とうどう》君はそのままの格好《かっこう》でバスケットですね。ええと、ほかには？

忘《わす》れ物をしてきた人はいませんよね？」

「いませーん！」

「いるわけないっしょ！」

「新之助《しんのすけ》と一緒《いっしょ》にしないでってば」

クラスメートたちのげらげらという笑《わら》い声と言葉に、新之助はゆでタコのようになった。

ちくしょうちくしょう！　なんで！　なんでだよ！　おい、もののけ！　なんだって、俺《おれ》を見捨《みす》てたんだよ！

でも、心の中で怒鳴《どな》っても、答える声はない。あの男の子が現《あらわ》れる様子もない。新之助はただただ涙《なみだ》をぐっとこらえるしかなかった。

体育の授業《じゅぎょう》は、とにかくつらかった。みんなが白い体操着姿《たいそうぎすがた》の中で、一人だけ普通《ふつう》のT《ティー》シャツとジーパンを着た新之助《しんのすけ》。

「あいつ、体操着忘《たいそうぎわす》れたんだぜ」

「だっさいねぇ」

と、ほかのクラスの連中《れんちゅう》にまで笑《わら》われてしまった。

聞こえないふりをしながら、新之助はひたすら怒《おこ》っていた。

まったくまったく！　許《ゆる》せない！　でも、いちばん許せないのは、もののけ屋だ。いいかげんなもののけを貸《か》し出すなんて、ひどいじゃないか。文句《もんく》を言ってやらないと！

ほかのチームがバスケットコートを使っている間に、新之助はこっそり体育館を抜《ぬ》け出した。向かったのは、もちろん保健室《ほけんしつ》だ。

「失礼《しつれい》します！」

がらっと、勢《いきお》いよく戸を開ければ、いた。もののけ屋だ。ベッドの上に座《すわ》って、手《て》鏡《かがみ》をのぞいている。そののんきな姿《すがた》に、新之助はかっとなった。

「も、もののけ屋さん！」

「あらま、新之助《しんのすけ》君。どうしたの？　お礼を言いに来てくれたのかしら？」

「は？　お、お礼って、なんの？」

「もちろん、厄喰《やくぐ》いちゃんを貸《か》してあげたことへのお礼。あの子、いい仕事してるでしょう？　あたしも鼻が高いわぁ」

「冗談《じょうだん》じゃないよ！　あ、あいつ、いきなり裏切《うらぎ》ったんだ！」

「裏切った？　聞き捨《ず》てならない言葉だわねぇ。あたしのもののけにケチをつける気かしら？」

もののけ屋の大きな目が、ぎろっと新之助をにらんだ。新之助はひるんだが、ここで負けるわけにはいかない。すぐに言い返した。

「だ、だってさ、厄喰いってやつ、いきなり仕事しなくなったんだ！　おかげで俺《おれ》、すっげぇ恥《はじ》かいた！　ひどいよ！　これってサギだ！」

「……いいえ」

もののけ屋はかぶりを振《ふ》った。

「厄喰《やくぐ》いちゃんは、最高の仕事をやりとげたのよ。大きな災《わざわ》いから、あなたを守ったんだから」

「え……？」

目を丸くする新之助に、もののけ屋は思いがけない話を語り始めた。

「あなたはね、悪いものにとりつかれていたのよ。とても小さくて、でもたちの悪いもの。もののけではないけれど、悪意のかたまり。厄《やく》ってやつよ」

「厄……」

「ええ。そいつが、あなたに忘《わす》れ物をさせていたのよ。不思議《ふしぎ》だとは思わなかった？自分ではすごく気をつけているのに、どうしても忘れ物をしてしまうということに。すべては厄がしかけていたのよ」

「そんな……な、なんのために？」

「厄のねらいは、あなたの恥《は》ずかしさや苦しさ。忘れ物をすると、つらかったでしょ？

恥《は》ずかしくて、みじめで、消えてしまいたくなったでしょ？　あなたのそういう気持ちを、厄《やく》は餌《えさ》にして、どんどん大きく、力をつけていたわけよ」

だが、もののけ屋が厄喰《やくぐ》いを貸《か》したことで、厄は餌にありつけなくなった。いくら新之助《しんのすけ》に忘《わす》れ物をさせようとしかけても、ことごとく厄喰いが食いとめてしまったからだ。

「飢《う》えた厄は、ついに大きな災《わざわ》いをもたらすことにした。全力で、新之助君に危害《きがい》を加えようとしたのよ。でも、それこそが厄喰いちゃんのねらいだった。いらつかせて、飢えさせて、おびきだすのがね。で、厄を、ぱっくり、きれいにたいらげてしまったってわけ」

新之助の頭に、今朝の夢《ゆめ》のことが浮《う》かんだ。金色に輝《かがや》く果物《くだもの》。あれが、災いの原因《げんいん》そのものだったということか？

「そ、それじゃ、そ、そいつはもういないんだね？　俺《おれ》、もう大丈夫《だいじょうぶ》なんだよね？」

「ええ。だから、厄喰いちゃんを返してもらうわ。もうあなたには必要《ひつよう》ないもの」

ぱんと、もののけ屋は手を打ち合わせた。

新之助《しんのすけ》は、何かが自分から離《はな》れていくのを感じた。あの男の子だ。間違《まちが》いない。引き止めたいと思ったけれど、それはできないことなんだと、わかった。

残念《ざんねん》すぎて、思わずぶちぶち言ってしまった。

「助けてもらったってのは、よくわかったけど……どうせなら、今日の体操着《たいそうぎ》の忘《わす》れ物も食いとめてほしかったなぁ」

「馬鹿《ばか》言わないで」

もののけ屋は怖《こわ》い顔をした。

「その忘れ物は、厄《やく》のしわざでもなんでもない、あなたがやらかしたことよ。だいたい、大きな災《わざわ》いを食いとめて、おなかがいっぱいの厄喰《やくぐ》いちゃんに、さらに無理《むり》をしろって言うの？」

「だ、だから、感謝《かんしゃ》はしてるってば」

「……ほんとに、わかってないようね。もし、厄喰いちゃんが今日の災いを食いとめなかったら……あなたは今ごろ、生きていなかったかもしれないのよ」

もののけ屋は低い声で言いながら、すっと、手で空中に円を描《えが》いた。すると、そこにテレビのように映像《えいぞう》が浮《う》きあがってきた。

映《うつ》っているのは、新之助《しんのすけ》だった。ランドセルを背負《せお》って、学校への道を歩いている。その服装《ふくそう》は、今、新之助が着ているのとまったく同じだ。

これは今日だ。今日の朝の映像なんだと、新之助はわかった。

映像の中の新之助がいつもの曲がり角を曲がった時、向こうから大きなトラックが走ってきた。運転手は新之助に気づいていないようで、トラックはスピードを落とさず、突《つ》っ込《こ》んでくる。新之助は、慌《あわ》てて右側《がわ》によろうとするが、どうしてか足をもつれさせ、後ろへひっくり返ってしまった。倒《たお》れた新之助に、トラックのタイヤが迫《せま》る。

そして……。

映像はそこで消えた。

新之助は真っ青になっていた。

一番地運輸

「い、い、今のって……」

「起きるはずだった災難《さいなん》よ。厄喰《やくぐ》いちゃんが厄を食べなければ、確実《かくじつ》にあなたの身にふりかかっていたわ」

新之助《しんのすけ》は思い出した。そう言えば、今日はいつもの道ではなく、別《べつ》の道を通った。なんとなく、そうしたくなったから。もし、いつもの道を通っていたら、あのトラックにひかれていたかもしれない。いや、絶対《ぜったい》にひかれていた。

新之助は今度こそ血の気が引いた。そこまで危険《きけん》が迫《せま》っていたなんて。

がくがく震《ふる》えている少年を、もののけ屋は保健室《ほけんしつ》から押《お》し出した。

「さ、あなたとの契約《けいやく》は終わったんだから。もう帰ってちょうだいな」

「ちょ、ちょっと、待って！　こ、これからは？　俺《おれ》、どうなるの？」

さあっと、もののけ屋は肩《かた》をすくめた。

「とりあえず、あなたに憑《つ》いていた厄は消えたわけだし。あとは、忘《わす》れ物をしないよう、自分で気をつければ大丈夫《だいじょうぶ》なんじゃない？　じゃあね。がんばってねぇ」

ぴしゃっと、もののけ屋は戸を閉《し》めてしまった。

保健室《ほけんしつ》から締《し》め出され、新之助《しんのすけ》はしばらくぼうっとしていた。でも、やっと我《われ》に返った。厄喰《やくぐ》いがいなくなってしまったのは残念《ざんねん》だけれど、もののけ屋の言葉が本当なら、これからは前よりもよくなるはずだ。

ふいにすっきりとした気分になった。

「ありがとな、厄喰い」

戸の向こうに呼《よ》びかけてから、新之助はくるりと向きを変《か》えた。体育館に戻《もど》るのだ。

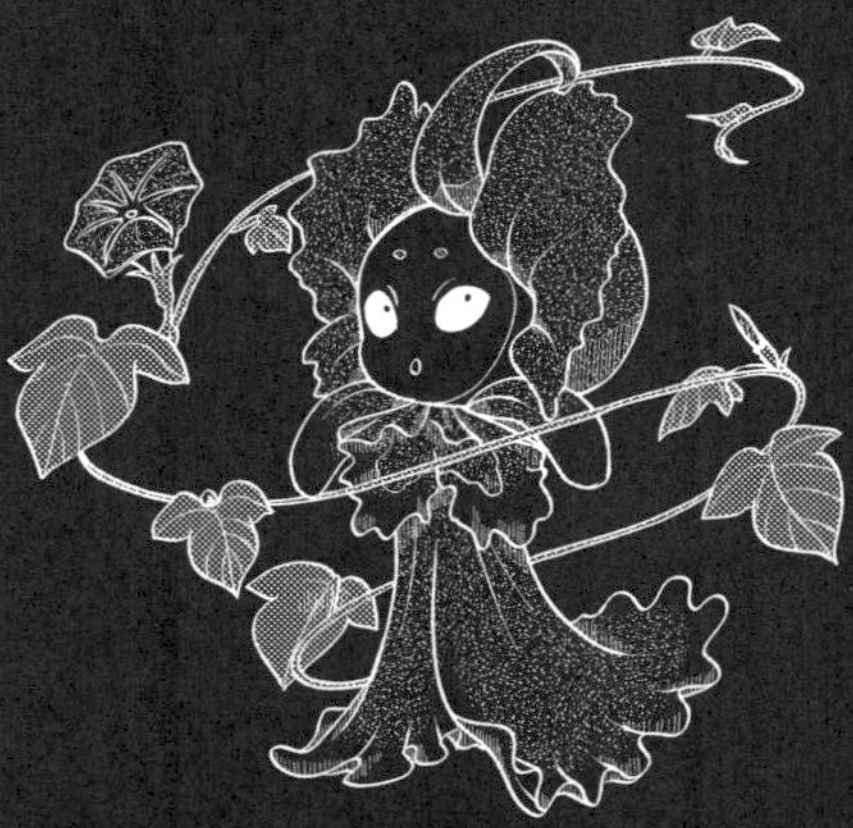

妖蘭
ようらん

誰《だれ》でも一人や二人、なんとなく嫌《きら》いな相手がいるものだ。別《べつ》にいやなことをされたとか、悪口を言われたとかではなく、ただただその存在《そんざい》が気に食わない。

五年一組の舞華《まいか》にも、そういう相手がいた。

瑠璃子《るりこ》だ。

一年生のときからずっと同じクラスだし、趣味《しゅみ》も性格《せいかく》もよく似《に》ているのだが、どうしても仲良《なかよ》くなれない、仲良くしたくない相手だ。

それは瑠璃子にとっても同じようで、二人の間にはいつもぴりぴりと小さな火花が散《ち》っていた。

そして、嫌いな相手には絶対《ぜったい》に負けたくないものだ。舞華と瑠璃子はいつも、それとなく争《あらそ》っていた。勉強や運動、服や持ち物や趣味のことまで。

今は、アサガオのことではりあっていた。理科の課題《かだい》で、五年一組の子はアサガオを種《たね》から育てることになったのだ。

一人に一粒《つぶ》ずつ、小さな黒い種がくばられたとき、舞華は瑠璃子をちらっと見た。

瑠璃子《るりこ》も、一瞬《いっしゅん》だけこちらを見た。そのとき、勝負が始まったのだ。どちらがより大きく育てられるか、そしてよりたくさんの花を咲《さ》かせられるか。

舞華《まいか》と瑠璃子は、熱心《ねっしん》に自分たちのアサガオの世話をした。こまめに水をやり、天気のときはできるだけ日のあたるところへ、鉢《はち》を運んだ。

最初《さいしょ》のうちは、舞華のアサガオのほうが成長《せいちょう》が早かった。芽《め》が出るのも二日早かったし、そのあともすくすくと育って、どんどん葉を増《ふ》やしていった。

一方、瑠璃子のは、種《たね》があまりよくなかったらしい。芽が出たあとも、なかなか大きくならず、出てくる葉も小さかった。正直、「勝ったな」と、舞華は思った。

ところが、だんだん瑠璃子のアサガオのほうが大きくなりだした。ふふんと、瑠璃子が勝ち誇《ほこ》った顔をするものだから、舞華はくやしくてたまらなかった。この分なら、咲く花の数も自分のほうが少ないだろう。

一生懸命《いっしょうけんめい》育てているアサガオが、瑠璃子のアサガオに負けてしまう。そう思うと、おなかの中がぐらぐらと煮《に》えたぎる気がした。

いっそ、瑠璃子《るりこ》の鉢《はち》を蹴《け》っ飛《と》ばして、だめにしてやろうかとさえ思ったけれど、それはぐっとこらえた。そんなことをしたって、なんにもならない。とにかく、アサガオだ。この弱々しいアサガオを、大きく、見事に育てないと。でも、いったい、どうやったらいいんだろう？

ふと、舞華《まいか》は思い出した。そういえば、保健《ほけん》の楠本《くすもと》先生はアサガオが大好《だいす》きで、家でいっぱい育てていると言っていたっけ。もしかしたら、特別《とくべつ》な肥料《ひりょう》とか水やりの方《ほう》法《ほう》とか知っているかもしれない。

昼休みになるなり、舞華は保健室に行った。

「楠本先生！　ちょっといいですか！」

叫《さけ》びながら、保健室に飛びこんだ舞華は、ぎょっとした。楠本先生の姿《すがた》はなく、かわりに男が一人、楠本先生の机《つくえ》に座《すわ》って、大きなおにぎりをもりもりとほおばっているところだったのだ。

とても変《か》わった男だった。体は大きく、がっしりとしていて、頭はお坊《ぼう》さんのようにそりあげている。顔もごつくて、目がぎょろりとしている。なのに、口元はふっくらとして、なんだか色っぽい。金のイヤリングをしているから？　指にマニキュアをつけているから？

いやいや、なんといっても目を引くのは、着ているものだ。男はとびきり派手《はで》な着物を着ていた。白と赤のチェック柄《がら》の着物なんて、女の人でも見たことがない。その上に、絵の具をぶちまけたみたいな、色や柄がいりまじった羽織《はおり》を着ている。

なんでこんな人が、ここにいるんだろう？　楠本《くすもと》先生は？　どこ行っちゃったの？

パニックを起こしかけている舞華《まいか》の前で、男は最後《さいご》のおにぎりをぱくっと口の中に入れた。それから上品に口元を手拭《てぬぐ》いでふいて、にこっと舞華に笑《わら》いかけてきたのだ。

「いらっしゃい。あたしは学校カウンセラーのもののけ屋よ。そろそろ来るころだと思ってたのよ……ねえ、米倉《よねくら》舞華ちゃん」

妙《みょう》に優《やさ》しくて、甘《あま》い声だった。なんだか、首筋《くびすじ》がぞくぞくとする。なにより、自分の名前を言い当てられたことに、舞華はびっくりした。この男とは絶対《ぜったい》に初対面《しょたいめん》のはずなのに！

「………」

「ま、入ってらっしゃいな。楠本《くすもと》先生はいないけど、あたしがお役に立ってあげる。ずばり、アサガオのことで悩《なや》んでいるんでしょ？」

口をあんぐり開ける舞華《まいか》に、男はくすくす笑《わら》った。

「そうよ。あなたのことはなんでもお見通し。……入ってらっしゃい。あなたの悩みを解決《かいけつ》してあげるから」

その甘《あま》い呼《よ》びかけに、舞華はくらりとした。気づいた時には、もののけ屋と名乗った男の前にいた。

もののけ屋はじっと舞華の目をのぞきこんできた。

「アサガオを大きくさせたいのね？」

「うん。……そ、それだけじゃなくて、花もたくさん咲《さ》かせたいんです。絶対《ぜったい》に、絶対に瑠璃子《るりこ》には負けたくないの！」

「わかったわ。それなら、あなたに妖蘭《ようらん》ちゃんというもののけを貸《か》してあげる。妖蘭ちゃんの助けがあれば、植物関係《かんけい》の勝負では負けないわ。めったなことがなければね。……ほしいなら、あたしの手をお取りなさいな」

そう言って、もののけ屋は手を差《さ》し出してきた。ものすごく大きな手だ。

一瞬《いっしゅん》、怖《こわ》いと思ったけれど、やっぱり瑠璃子《るりこ》には負けられない。その一心で、舞華《まいか》はもののけ屋の手をにぎった。

目の前がふっと暗くなった気がした。もののけ屋の背後《はいご》で、小さな影《かげ》がたくさんうごめいている。

思わずあとずさりをしそうになったとき、手のひらが熱《あつ》くなった。何かが手から入ってくる！

「いや！」

舞華は小さく叫《さけ》んで、手をひっこめた。

見れば、手のひらにシールのようなものがはりついていた。あざやかな紫《むらさき》色の花？

いや、人の顔のようにも見える。なんなのこれ？

だが、まじまじと見る前に、シールはうすれて、消えてしまった。

もののけ屋が満足《まんぞく》そうに笑《わら》った。

「さ、これで妖蘭《ようらん》ちゃんはあなたのものよ。……とにかく、妖蘭ちゃんを信《しん》じなさい。そうすれば、きっとあなたのアサガオは見事なものになるから。あるいはそれ以上《いじょう》の贈《おく》り物をもたらしてくれるかも」

謎《なぞ》の言葉を最後《さいご》に、もののけ屋は舞華《まいか》を保健室《ほけんしつ》から押《お》し出し、ドアを閉《し》めてしまった。

しばらくの間、舞華はぽかーんとしていた。保健室に変《へん》な男がいて、変なものを貸《か》してくれると言って、わけがわからないうちに、こうして追い出されて……。

「なんだったんだろ、あの人。……あぁ、もういいや！」

とにかく、いったん教室に戻《もど》ろう。

足を一歩ふみだしたとき、頭の中に、自分のアサガオのことが浮《う》かんだ。その瞬間《しゅんかん》、猛烈《もうれつ》にアサガオのところに行きたくなった。今すぐ、あの鉢《はち》のところに行かないと、死んでしまいそうな気分だ。

猛《もう》ダッシュで舞華《まいか》は教室に駆《か》け戻《もど》った。そのままベランダに出て、そこに置《お》いてある自分のアサガオに飛《と》びついた。そうすると、ものすごく気分がよくなった。

うっとりしていると、どこからともなく、きれいな歌声が聞こえはじめた。

かわいや、アサガオ。しなやかなつるに葉をつけて、朝日に向けて、のびていく。きれいに咲《さ》かせ、青の花。見事に咲かせ、紅《べに》の花。白も黄色も紫《むらさき》も、早く早く出ておいで。かわいや、アサガオ。かわいやかわいや。

「……ったら！　ちょっと、舞華！」

「へ？」

自分を呼《よ》ぶ声に、舞華は顔をあげた。横に友達《ともだち》のいつみがいて、不思議《ふしぎ》そうにこちらを見ていた。

「いつみ……」

「やっと気づいた。ていうか、鉢《はち》をだっこして、何してんの？」

舞華《まいか》はいつのまにか鉢を抱《だ》きしめて、ぼうっとしていたのだ。

「……声がしたから」

「声？」

「すごくきれいな声だったから。……ねえ、誰《だれ》か、歌ってなかった？」

「……舞華ってば、何言ってんの？　熱《ねつ》あるんじゃない？」

「………」

気のせいだったのだろうか？　いや、そんなはずはない。確《たし》かに聞こえたのだ。アサガオに呼《よ》びかける歌声。この世のものとは思えないほど美しかった。いつまでも聞いていたいと思っていたのに、いつみに邪魔《じゃま》され、もう聞こえなくなってしまった。

残念《ざんねん》に思いながら、舞華は鉢をもとの場所に戻《もど》した。そのとき、あれっと思った。

自分のアサガオが、さっき見たときよりも大きくなっているような気がした。葉やつるの色も、よりつややかに、あざやかになっている。

舞華《まいか》の胸《むね》がどきどき高鳴りだした。

もしかして、妖蘭《ようらん》とかいうもののけの力が発揮《はっき》され始めたってこと？　今の歌声がそうだったのかも。あのもののけ屋という男の言葉が本当だったとしたら……瑠璃子《るりこ》に勝てるかもしれない！

その日から、それまで以上《いじょう》に舞華はアサガオに夢中《むちゅう》になった。アサガオの葉などに触《ふ》れるたびに、あの歌声がかすかに聞こえた。そして、アサガオはますます元気に育っていくのだ。

ほんの数日で、舞華のアサガオはクラスでいちばん大きくなった。つぼみをつけたのもいちばん早かった。あとはもう、花が咲《さ》くのを待つばかり。もう瑠璃子のなんて、お話にならないくらいだ。

完全《かんぜん》に勝ったと、舞華は有頂天《うちょうてん》だった。

だが……。

喜《よろこ》ぶのは早すぎた。

瑠璃子《るりこ》がいつのまにかくやしそうな顔をしなくなったことに、ある日、舞華《まいか》は気づいた。それどころか、舞華を見ては、にやにやしてくる。なんだろうと思っていると、先生がこんなことを言ってきた。

「いやあ、みんなそれぞれよくここまで育てましたねぇ。いちばん大きいのは米倉《よねくら》さんのだけど……つぼみの数だと、浅岡《あさおか》さんの勝ちかなぁ」

はっとなった舞華は、急いで瑠璃子のアサガオのつぼみを数えた。十個《こ》あった。自分のを数えてみれば、八つしかない。

舞華は青くなった。瑠璃子が余裕《よゆう》な顔をしていた理由が、やっとわかった。ここにきて、花の数で負けてしまうなんて。やだ！　絶対《ぜったい》にやだ！　妖蘭《ようらん》！　お願《ねが》いだから、つぼみの数を増《ふ》やして！　花をいっぱい咲《さ》かせて！

必死《ひっし》でお願いし、自分のアサガオをなでまくった。でも、舞華のアサガオはそれ以《い》上《じょう》、つぼみをつけようとしなかった。なのに、瑠璃子のアサガオのつぼみは、翌日《よくじつ》、十一個になっていた。さらに、その日の夕方には、もう一つ、増えていたのだ。

舞華《まいか》は焦《あせ》った。負ける。負けてしまう。こうなったら、明日の朝早く、誰《だれ》よりも早く教室に来よう。ほかの子が来るまでの間、自分のアサガオをたっぷりなでて、妖蘭《ようらん》の歌声を聞かせてやるのだ。

翌朝《よくあさ》、いつもより四十分も早く、舞華は学校に行った。

教室に入るなり、舞華は立ちすくんだ。てっきり誰も来ていないと思ったのだが、机《つくえ》の一つにランドセルが置《お》いてある。瑠璃子《るりこ》の席《せき》だ。

瑠璃子がいる！　もうここに来ている！

かっと、舞華の頭に血が上った。

どこ！　どこにいる！

瑠璃子の姿《すがた》は見当たらなかったが、すぐに居場所《いばしょ》はわかった。ベランダの窓《まど》が開いていた。瑠璃子は、アサガオのところにいるに違《ちが》いない。

もしかしたら、瑠璃子はこうやって朝早く来ては、ライバルのつぼみをむしっていたのかもしれない。ああ、きっとそうだ。だから、舞華がいくら妖蘭に頼《たの》んでも、つぼみが増《ふ》えなかったんだ。

許《ゆる》せない！

怒《いか》りに燃《も》えて、舞華《まいか》はベランダに近づいた。ただし、忍《しの》び足でだ。瑠璃子《るりこ》がつぼみをちぎっている瞬間《しゅんかん》を、とりおさえてやるつもりだった。

そっとうかがってみると、やはり瑠璃子がいた。自分の鉢植《はちう》えの前にかがみこみ、なにやらぼそぼそとつぶやいている。耳をすますと、こんな言葉が聞こえてきた。

「ほら……今日もちゃんとお供《そな》え物、持ってきたわよ。……古いって……でも、もっと新鮮《しんせん》なのなんて、無理《むり》よ。これだって、持ってくるの大変《たいへん》だったのに。……ごめん。ごめんなさい。いやよ！　負けたくない！　見捨《みす》てないで！　……わかった。なんとかする。なんとかするから。だから約束《やくそく》よ。もっとつぼみをつけてよね」

瑠璃子はまるで誰《だれ》かと話しているかのようだった。でも、そんな相手は見当たらない。舞華は首筋《くびすじ》が寒くなった。

なんだか怖《こわ》い。

舞華《まいか》は、ベランダからそっと離《はな》れようとした。そのとき、後ろにあった机《つくえ》にぶつかってしまったのだ。

ばっと、瑠璃子《るりこ》が立ち上がって、こちらを振《ふ》り向いた。その手からこぼれおちたのは……。

肉だった。スーパーで買ってきたばかりのような、パックに入った赤い生肉だ。

なんでこんなものをと、舞華は瑠璃子を見た。瑠璃子は真っ白な顔をしていた。でも、目はつりあがり、口元はゆがんでいる。見たこともない、悪魔《あくま》のような顔だ。

心底怖《しんそここわ》くなって、舞華は逃《に》げようとした。でも、足がすくんで動かない。ゆらりと、瑠璃子がこちらに近づいてきた。

いや！　来ないで！　誰《だれ》か！

舞華の心の叫《さけ》びが聞こえたかのように、教室にどたどたと相川司朗《あいかわしろう》が駆《か》けこんできた。

「いえーい！　一番乗りぃ！　……あ？　なんだよぉ。浅岡《あさおか》と米倉《よねくら》じゃん。今日こそ一番乗りできたかと思ったのに。おまえら、来るの早すぎ」

「ご、ごめん、相川君。明日から、もっと遅《おそ》く来るから」

「いや、別《べつ》にそんなつもりで言ったわけじゃ……てか、米倉《よねくら》、顔が青くね？　風邪《かぜ》か？」

「う、ううん。あたし元気だよ」

ごまかす舞華《まいか》の横を、すうっと、瑠璃子《るりこ》が通り過《す》ぎた。たったそれだけで、舞華は胸《むね》がばくばくとした。

でも、瑠璃子は何もせず、ただ自分の席《せき》に戻《もど》っただけだった。

その日は一日、舞華は瑠璃子から目を離《はな》せなかった。

いったい、なんだったの、あれは？

朝のことが気になって、そして怖《こわ》くて、授業《じゅぎょう》も耳に入らない。おかげで、先生に「集中しなさい」と怒《おこ》られてしまったくらいだ。

昼休み、舞華がトイレから教室に戻ると、ふでばこに小さな紙切れが入っていた。

それには、「あたしの秘密《ひみつ》を話すから、放課後《ほうかご》、残《のこ》ってて」と書いてあった。

瑠璃子《るりこ》だ。

慌《あわ》てて瑠璃子を見れば、瑠璃子がこちらから顔をそむけるところだった。でも、一瞬《いっしゅん》だけ見えた口元は、なんだか笑《わら》っているようだった。

舞華《まいか》は悩《なや》んだ。残《のこ》るか、それともかまわずに帰るか。

正直、帰りたかった。今日の瑠璃子は不気味《ぶきみ》だ。二人きりになるなど、冗談《じょうだん》ではない。でも……秘密《ひみつ》を知りたいという気持ちもおさえられない。

悩んだものの、舞華は瑠璃子の話を聞くことにした。

そして、放課後《ほうかご》。

ホームルームが終わり、「また明日」と、先生が声をかけるなり、うわっと、子供《こども》たちは教室の外へと飛《と》び出していった。残っていた子供も、一人、また一人と去っていき、とうとう舞華と瑠璃子の二人だけとなった。

少女たちは真正面から向き合った。五年間同じクラスだったけれど、こうして顔を合わせるのは初《はじ》めてだ。

怖《こわ》いのを隠《かく》すため、まずは舞華《まいか》がぶっきらぼうに言った。

「で？　秘密《ひみつ》ってなんなの？」

「……一年生で同じクラスになったときのこと、覚《おぼ》えてる？　ほら、先生に自己紹介《じこしょうかい》をさせられたよね」

「え？」

戸惑《とまど》う舞華に、瑠璃子《るりこ》は顔をゆがませた。

「あんたの自己紹介を聞いたときに、思ったの。あたしと似《に》てるなって。でも、それがすっごくいやだった。なんか、自分の偽物《にせもの》がいるみたいで、気に入らなかった。……あんたもそう思ったでしょ？」

「………………」

「だから、あたし、あんたに負けるのだけは我慢《がまん》できなかった。……あんた、自分のアサガオにずるしてるでしょ？」

「なっ！　な、何言ってんの！」

「わかってるのよ。教えてもらったんだから」

「………」

舞華《まいか》は声が出なくなってしまった。頭に浮《う》かんできたのは、もののけ屋の顔だ。

あいつ！　瑠璃子《るりこ》にばらしたんだ！

顔を赤くしている舞華に、瑠璃子は笑《わら》った。

「だから、あたしもずるをすることにしたの。あんたよりもたくさん花を咲《さ》かせるって決めた。……でも、そのためにはお供《そな》え物が必要《ひつよう》だったの」

最初《さいしょ》は小さなお供え物でよかったと、瑠璃子は言った。

「最初のころは、ほんのちょっと、お肉を持っていけば喜《よろこ》んでもらえたの。でも、だんだん、それじゃだめになってきた。もっと栄養《えいよう》をとらないと、力が出せないって言われたの。だから、あたし、がんばった。おこづかいをはたいて、たくさんお肉を買って、お供え物にしたのよ」

話しながら、じりっと、瑠璃子が近づいてきた。そばによられたくなくて、舞華はあとずさりをした。だが、瑠璃子《るりこ》はじりじりと近づいてくる。

「ちょ、ちょっと！　なんなのよ、もう！　来ないでよ！」

「そんな怖《こわ》がらないで。まだ話は途中《とちゅう》なんだから。でもね、それではだめになってきたの。もっと新鮮《しんせん》なお肉じゃないと満足《まんぞく》できないって言われたの」

「言われたって……誰《だれ》に？」

「あたしのアサガオ様に」

にっと、瑠璃子が笑《わら》った。なにかにとりつかれたかのような笑顔《えがお》だった。

「で、そこをあんたに見られたってわけ」

「こ、来ないでよ。やめて」

「ねえ、舞華《まいか》。……あんたなら、きっとアサガオ様に気に入ってもらえる。あんたって、すごく健康《けんこう》で、おいしそうだもの……そうでしょ、アサガオ様？」

舞華ははっとなった。いつのまにか、自分がベランダのほうに追い詰《つ》められていることに気づいたのだ。すぐ後ろにはアサガオの鉢植《はちう》えが並《なら》んでいるはず。

でも、なんだ？　おかしい。すごくいやな気配が背後《はいご》から立ちのぼってくる。しゅうしゅうと、巨大《きょだい》な獣《けもの》が生臭《なまぐさ》い息を吐《は》いているような感じだ。

なにかが、後ろにいた。

「うっ……」

恐怖《きょうふ》のあまり、舞華《まいか》は凍《こお》りついてしまった。

後ろにいったい、なにがいるの？

確《たし》かめたいのに、指一本動かせない。

「る、瑠璃子《るりこ》！　助けて……」

ささやく舞華に、瑠璃子はゆっくりとかぶりを振《ふ》った。

「悪いけど無理《むり》。さっきお供《そな》え物を邪魔《じゃま》されて、アサガオ様は怒《おこ》ってるの。あんたをお供え物にすれば、怒るのをやめてくれると思うし。……それに、アサガオ様はずっと言っていたもの。舞華がいなくなるほうがいいって。そうしないと、あたしは幸せになれないって……」

「瑠璃子《るりこ》！」

「ばいばい、舞華《まいか》。きれいな花になってね」

しゅうっと、後ろで生臭《なまぐさ》さが強くなった。

襲《おそ》われる！　食われる！

舞華はぎゅっと目をつぶった。

ぐしゃっと、胸《むね》が悪くなるような恐《おそ》ろしい音がした。そして小さな甲高《かんだか》い悲鳴……。

気づいたとき、舞華は教室の冷《つめ》たい床《ゆか》にうずくまって、がたがた震《ふる》えていた。顔をあげると、少し先に瑠璃子が倒《たお》れていた。白目をむいて、気絶《きぜつ》している。

「う……い、生きて、あ、あたし生きてる？」

「もちろん生きているわよ」

「うひゃっ！」

飛びあがって横を見れば、派手《はで》な着物を着た大男が立っていた。もののけ屋だ。

もののけ屋はにっこりした。

「よかったわねぇ、命拾いできて。さすがは妖蘭《ようらん》ちゃん。見事な活躍《かつやく》に、ほれぼれしちゃうわよ」

「へ……？」

「まあ、後ろを見てごらんなさいな」

恐《おそ》る恐る振《ふ》り向き、舞華《まいか》は目を丸くした。

舞華のアサガオが瑠璃子《るりこ》のアサガオの鉢《はち》にからみついていた。まるで、獲物《えもの》を襲《おそ》う蛇《へび》のように、しっかり巻《ま》きついている。そのつるの下で、瑠璃子の鉢は熟《う》れたトマトのようにつぶされていた。割《わ》れた鉢のすき間から、真っ黒な土がこぼれていた。

と、もののけ屋が鉢植えに近づいていき、こぼれた土の中から小さな破片《はへん》のようなものをつまみあげた。

「んふふ。やっと捕《つか》まえたわよぉ」

「な、なんなの、それ？」

「これはね、人間の骨《ほね》だったものよ」

「ひえっ!」

ひきつる舞華《まいか》の前で、もののけ屋はさもうれしそうに破片《はへん》をなでた。

「たぶん、大昔に殺《ころ》された人のものね。今でも強い恨《うら》みを宿《やど》している。その上、長い年月、不浄《ふじょう》の土に埋《う》もれているうちに、妖気《ようき》と邪気《じゃき》を帯《お》びるようになったのね。ああ、すてきだわ。名づけるなら、凶骨《きょうこつ》というのがいいかしら。ふふ。ぜひとも、うちの百《ひゃっ》鬼夜行《きやぎょう》に入ってもらわなきゃねぇ」

「あ、あの……」

「ん? なんで人間の骨《ほね》が鉢《はち》の中に入っていたかって? あなたたち、アサガオを植えるために、花壇《かだん》の土を掘《ほ》って、鉢に入れたでしょ? そのとき、たまたままぎれこんだと思うわ。なんたって、ここの土地には骨がごろごろ……いえ、そんなことはどうでもいいわ。とにかく、この骨がいろいろとやらかしていたわけ。あそこに倒《たお》れてる子を操《あやつ》って、自分の力を強くしようとしていたのよ」

「瑠璃子《るりこ》を……操っていたってこと? 骨が?」

「まあ、ただの骨《ほね》じゃないから。それに、瑠璃子《るりこ》ちゃんとやらにも、魔《ま》につけいられるすきがあったってことよね。人を憎《にく》んだり、うらやんだりする気持ちって、魔物《まもの》の大好物《だいこうぶつ》だからね」

舞華《まいか》はぞっとした。もののけ屋の言葉が本当なら、その骨にとりつかれていたのは瑠璃子ではなく、自分だったかもしれないのだ。

吐《は》きそうな顔をしている舞華に、もののけ屋は手を差《さ》し出した。

「さてと。これでこの騒《さわ》ぎもおしまいってことで、妖蘭《ようらん》ちゃんは返してもらうわね。妖蘭ちゃん、いらっしゃい」

舞華は、自分から何かが離《はな》れるのを感じた。

もののけ屋はそのまま背《せ》を向けて、教室から出て行こうとした。舞華は思わず呼《よ》びとめた。

「待って！　よ、妖蘭が、あたしを助けてくれたんだよね？　でも、どうして？　アサガオを大きくしてくれるもののけなんでしょ？　なのに、なんであたしを助けてくれたの？」

「ちょっと違《ちが》うわね」

もののけ屋はこちらを振《ふ》り返り、にやっとした。

「妖蘭《ようらん》ちゃんの役目は、あくまで植物を元気づけ、力を与《あた》えること。凶骨《きょうこつ》にとりつかれたアサガオを倒《たお》したのは、あなたのアサガオよ」

「え……？」

「植物ってね、かわいがってくれる人を守るものなのよ。妖蘭ちゃんはちょっとそれの手伝いをしただけ。ふふ。あなた、将来《しょうらい》はいい庭師《にわし》になれるかもしれないわねぇ」

それじゃさよならと、もののけ屋は去っていった。

そのあと、見回りに来た先生が、へたりこんでいる舞華《まいか》と気絶《きぜつ》している瑠璃子《るりこ》を見つけ、ちょっとした騒《さわ》ぎになった。

瑠璃子はすぐさま車で病院に運ばれていった。

残《のこ》った舞華《まいか》は、なにがあったと、先生たちに質問攻《しつもんぜ》めにされた。でも、「わからない。忘《わす》れ物を取りに戻《もど》ったら、瑠璃子《るりこ》が倒《たお》れていたんだ」と言いとおした。

翌日《よくじつ》から瑠璃子は学校に来なくなり、結局《けっきょく》、別《べつ》の学校に転校してしまった。うわさでは、病院で目を覚《さ》ました瑠璃子は、「あの学校が怖《こわ》い。あそこにいると、あたし、どんどんひどいことしちゃう」と、泣《な》きわめいたそうだ。だから、親たちが転校を決めたらしい。

このことを聞いて、舞華は少しほっとした。瑠璃子はきっと、正気に戻ったのだ。悪いものに操《あやつ》られていたことを理解《りかい》して、だからこそ学校から逃《に》げたのだ。

新しい学校で、瑠璃子が平和に過《す》ごせますように。そして、二度と会うことがありませんように。

舞華は心の中で祈《いの》った。

名喰い鳥
なくいどり

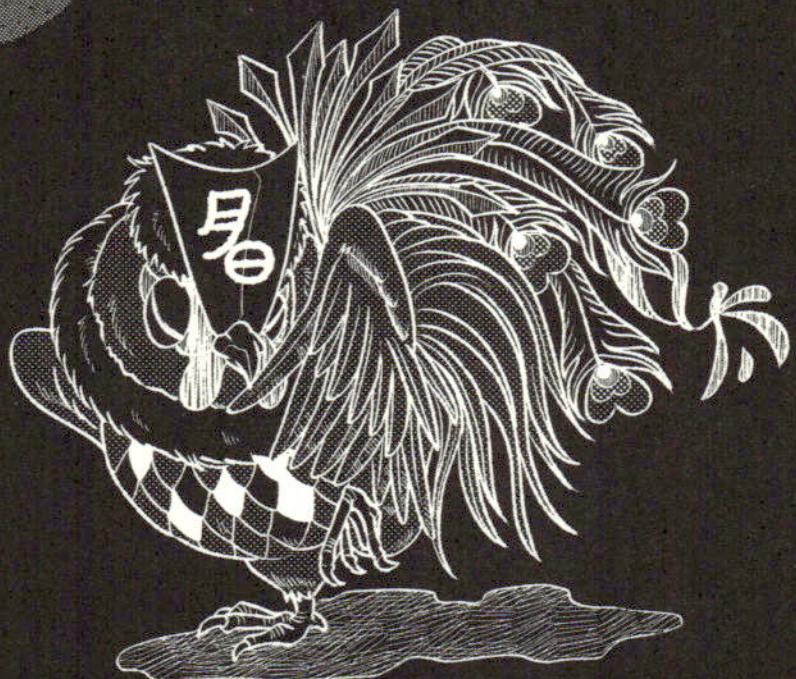

康熙《こうき》は自分の名前が大嫌《だいきら》いだ。理由は簡単《かんたん》。書きにくいからだ。字画《じかく》が多くて、いちいち時間がかかる。

小学一、二年のころは、「こうき」と、ひらがなで書いていればよかったけれど、小学四年生にもなったら、そうもいかない。なんでこんな名前をつけたんだよと、父さんたちがうらめしかった。

「俺《おれ》、名前変《か》えたい」と、うったえても、「康熙の何が悪いんだ?」とか「いい名前じゃないの」と、父さんも母さんもとりあってくれない。

父さんは「一」と書いて「はじめ」で、母さんはひらがなで「はな」。どちらも、「自分の名前は単純《たんじゅん》すぎる。子供《こども》にはかっこいい名前をあげたい」と、考えに考えて「康熙」という名前にしたのだという。

いい迷惑《めいわく》だと、康熙は思う。「一」だなんて、最高《さいこう》じゃないか。ちょっと横線をひけば、はい、終わり。ちまちまと書き込《こ》まなければならない自分の名前より、ずっとずっといい。いっそ交換《こうかん》したいくらいだ。ああ、変えたい。こんな名前、どこかに捨《す》てしまいたい。

今日は国語の授業《じゅぎょう》で作文を書くはずなので、また自分の名前を書くことになるだろう。それを考えると、いっそういらいらした。

教室への階段《かいだん》を荒々《あらあら》しくあがっていたときだ。

「そんなに捨《す》てたいのなら、もらってあげましょうか?」

太くて、優《やさ》しげな声がふってきた。

どきっとして顔をあげると、階段のいちばん上に、男が立っていた。ぼうず頭で、ものすごく大きく、カラフルな着物を着ている。なのに、なんとなく柔《やわ》らかい雰囲気《ふんいき》があり、そこがまたとてつもなく怪《あや》しい。

かたまっている康熙《こうき》に、男はんふふと笑《わら》った。

「そんなびっくりした顔しないでよ。あたしは、もののけ屋。今はこの学校の臨時《りんじ》のカウンセラーをやってるの。子供《こども》の悩《なや》みを見抜《みぬ》くのも、お手のものってわけ」

「カウン、セラー?」

「そうよ。ついでに言うと、あたしはとっても優秀《ゆうしゅう》よ。なんたって、ほかのカウンセラーとは違《ちが》って、どんな悩《なや》みも解決《かいけつ》させちゃうんだから」

ぱちっと、ウィンクをしてくるもののけ屋。しゃべり方といい、しぐさといい、言っていることといい、うさんくさいことこの上ない。

それなのにだ。康熙《こうき》は、心をがっちりとつかまれた気分がした。

この男、もののけ屋は本物だ。普通《ふつう》ならできないことも、この男なら叶《かな》えてくれるに違《ちが》いない。

そんな気がして、思わず言葉を返してしまった。

「ほんとに？　ほんとに俺《おれ》の悩みを解決してくれるんですか？」

「もちろんよ。ずばり、名前のことで悩んでいるんでしょう？」

言い当てられ、康熙は目を輝《かがや》かせた。

「わかるんですか？」

「そりゃもう」

「俺《おれ》、ほんとこの名前がやで」

「うんうん。わかるわかる」

「テストとか作文のたんびに、自分の名前を書かなきゃならないから、毎回すんごく面倒《めんどう》だし」

「そうよねぇ。ほんとにやんなるわよねぇ」

だからと、もののけ屋は笑《わら》った。

「だから、あたしが来てあげたのよ。あなたにもののけを貸《か》してあげる。あなたの願《ねが》いを叶《かな》えてくれるもののけを。どう？　貸してほしいでしょ？」

「ほしい！」

ためらいもなく、康熙《こうき》はうなずいた。大嫌《だいきら》いな名前から逃《に》げられるなら、どんなことだってやる！

もののけ屋は手を出してきた。康熙の頭をつかめそうなほど大きな手だが、指のつめにはきれいなマニキュアが塗《ぬ》ってある。

「じゃ、契約《けいやく》の握手《あくしゅ》といきましょ。この手をとってくれたら、もののけはあなたのものよ」

「うっしゃ！」

康熙《こうき》はもののけ屋の手に飛《と》びつき、ぎゅっとにぎりしめた。

頼《たの》むぞぉ！　頼むから、俺《おれ》の名前、なんとかしてくれよな！

もののけ屋を見ると、大きな目がぎらっと光っていた。それに笑《わら》っている。体も、さっきよりも大きく、ぐわぐわと小刻《こきざ》みにゆれているように思える。

康熙がちょっと怖《こわ》くなったときだ。何かがするりと手の中に入ってきた気がした。ふれあい動物園で触《さわ》ったひよこに似《に》ているが、それよりももっと重たくて熱《あつ》い感触《かんしょく》。

と、もののけ屋が手を離《はな》した。

「さあ、これでいいわ。これで、名喰《なく》い鳥《どり》ちゃんの主《あるじ》はあなたとなった」

「名喰い鳥って？」

「いらない名前をとってくれるもののけよ。これからは、この子が何もかもうまくやってくれるわ。ただし、一度消した名前は、取り戻《もど》せなくなるけど、かまわないかしら?」

「もちろん、全然《ぜんぜん》かまわないよ!」

嫌《きら》いな名前を、取り戻したいなんて、誰《だれ》が思うものか。

大声で言う康熙《こうき》に、もののけ屋はにっこりした。

「なら大丈夫《だいじょうぶ》ね。それじゃ、これからは好《す》きな名前を名乗るといいわ。じゃ、ばいばいねぇ」

そう言って、もののけ屋は階段《かいだん》をおりていってしまった。

一人残《のこ》された康熙は、これからどうしたらいいんだと、首をひねった。もののけの主《あるじ》になったというけれど、別《べつ》にいつもと何も変《か》わっていない気がする。

しかたなく、康熙は自分の教室に向かった。教室には友達《ともだち》の信也《しんや》がいて、笑《わら》って声をかけてきた。

「あ、康熙、おはよう!」

「お、おう……」

手をふりかえしながらも、康熙《こうき》はがっかりした。

やっぱり自分は「康熙」のままなんだ。ちぇっ！　あのもののけ屋ってやつにだまされた！　子供《こども》をだますなんて、最低《さいてい》なやつだ、まったく！　今度見つけたら、怒鳴《どな》りつけて……いや、あいつはけっこう怖《こわ》そうなやつだったから……先生に「あの人、うそつきです。サギ師《し》です」って、言いつけてやろう。

そんなことを考えているうちに先生が来て、算数の授業《じゅぎょう》が始まった。と、いきなり小テストをすることになり、康熙はますますうへえっとなった。今日はとことん、ついていないらしい。

テストの紙がくばられ、康熙はやけっぱちで「石田康熙《いしだ》」と名前を書いた。

ああ、もう！　めんどくさい！　こんな名前、まじいらないっつぅの！

心の中でわめいたときだ。

「その名前、もらいうける」

不思議《ふしぎ》な声が頭の中で響《ひび》いた。

下を見て、康熙《こうき》は目を丸くした。

テスト用紙の上に、小さな鳥がいた。大きさは卵《たまご》くらい。にわとりに似《に》ているが、「名」と書かれた白い札《ふだ》を、頭の上にはりつけている。体をおおっているのは、赤や金、黒、緑、青、紫《むらさき》といった、色とりどりの羽根で、本当にきれいだ。こんな鳥、テレビでも見たことがない。

康熙が息をつめて見つめていると、鳥が動き出した。前かがみとなり、こつこつと、テストに書きこまれた康熙の名前をつつきだしたのだ。と、康熙という字がゆれだした。そして、ぺりっと、まるでシールがはがれるように、紙からはがれたのだ。

鳥のくちばしにくわえられた名前は、すぐにふにゅふにゅと形を変《か》え、きらきらと光る緑の羽根となった。鳥はその羽根をうれしそうに、自分の翼《つばさ》にさしこんだ。

やっと康熙はわかった。この鳥は、名前を羽根に変えて、自分のものにしているのだ。この色とりどりの羽根は、きっと、もとは誰《だれ》かの名前だったのだろう。

（これがもののけ屋が貸《か》してくれたもののけ……名喰《なく》い鳥《どり》……）

そう理解《りかい》するのと同時に、鳥の姿《すがた》はさっと消えた。

康熙《こうき》はテストを見た。名前を書くところには、「石田」とだけ残《のこ》っている。あとの部分は空白のままだ。

もしかして、ここに好《す》きな名前を書けば、それが自分の新しい名前になったりして。

どきどきしながら、康熙はえんぴつを持った。

何がいいだろう？　とにかく簡単《かんたん》なやつがいい。

でも、いきなりは思いつかなかったので、しかたなく「こう」とだけ書いた。

その瞬間《しゅんかん》、何かが変《か》わった。ざあっと、見えない風がふきわたり、すべてのものに触《ふ》れていったような気がした。

はっとしてふでばこを見てみると、裏側《うらがわ》に書いてある名前が変わっていた。「石田こう」となっていたのだ。慌《あわ》ててランドセルや上履《うわば》きを見てみた。どれも「石田こう」と書いてあった。もともとは「石田康熙」だったのに。

興奮《こうふん》とショックで、康熙は頭が真っ白になった。気づけば、テストも授業《じゅぎょう》も終わっ

Names

ていて、休み時間となっていた。

慌《あわ》てて隣《となり》の席《せき》の大河《おおかわ》に声をかけた。

「おい、大河。俺《おれ》の名前、呼《よ》んでみてくんない？」

「は？　何言ってんの？」

「いいからさ。頼《たの》むからさ」

「わけわかんないなぁ。なんなんだよ、こう」

「こう……ちょっと聞くけどさ、康熙《こうき》、じゃないんだよな？」

「……ほんとに何言ってんだよ？」

大河が本気で変《へん》な顔をしてきたので、康熙は慌《あわ》てて笑《わら》ってみせた。

「う、ううん。なんでもない。なんでもないんだって」

間違《まちが》いない。変《か》わったのだ。康熙は、こうという名になったのだ。こんなに単純《たんじゅん》に名前を変えられるなんて。あまりのうれしさに、うわあっと声をあげたい気分だ。

でも、待てよ。つまり、俺って、どんな名前にも好《す》きなときになれるってことだよな？　これって、おもしろいんじゃないか？　よし、試《ため》してみよう。だいたい、いくら思いつかなかったからって、「こう」にするなんて、ちょっとひねりがなかった。どうせなら、もっとかっこいい名前にしたい。そうだな、「了《りょう》」っていうのは、書きやすいし呼《よ》びやすいし、いいかも。あ、でも、大好《だいす》きなゲームのキャラの「シノブ」もいいし。

迷《まよ》ったものの、康熙《こうき》はすぐににんまりした。

そうだよ。悩《なや》むことなんてないんだ。まずは「了」にして、それにあきたら「シノブ」になればいいんだ。きっと名喰《なく》い鳥《どり》は、何回だって名前をとってくれる。そのほうが、きれいな羽根が手に入るんだから。

康熙はさっそく試してみることにした。ノートに「こう」と書いて、「名前を変《か》えたい」と心の中で言ったのだ。たちまち、ノートの上に名喰い鳥が現《あらわ》れた。

一分後には、康熙は「了」になっていた。

それからは本当に楽しかった。どんな名前にもなれるということで、康熙はほとんど一時間ごとに名前を変《か》えていった。月耶《つきや》とか帝《みかど》といった華《はな》やかなものにしたり、信《のぶ》長《なが》とか義経《よしつね》とか、昔の有名武将《ぶしょう》の名前になってみたり。

ときどきは、自分で思いついた「イツダッテー・オレッチ・イチバーンデッス三世」といった、うんとふざけた名前にしてみたりもした。そのことでからかわれても、平気だった。すぐに名喰《なく》い鳥《どり》を呼《よ》び出して、名前を変えればいいからだ。

ただし、名喰い鳥の力は康熙《こうき》だけに働《はたら》くようで、ほかの人の名前は変えられなかった。何度かやってみたのだが、名喰い鳥は現《あらわ》れてくれなかったのだ。

康熙は少し残念《ざんねん》だった。嫌《きら》いなやつの名前を、うんと変《へん》な名前にしてやれたら、最《さい》高《こう》だったのに。

「しかたない。俺《おれ》一人だけでも楽しまなくちゃな」

ころころと、まるでさいころを転がすような勢《いきお》いで、康熙は名前を変えていった。そうするたびに、みんなが当たり前のように新しい名前で呼んでくる。友達《ともだち》も、先生も、親も。それがとても新鮮《しんせん》でおもしろかった。

ほんの一週間《しゅうかん》で、康熙《こうき》は百以上《いじょう》の名前を名乗っては捨《す》てた。まったく名喰《なく》い鳥《どり》ってのは便利《べんり》なやつだ。そして、そんな便利なやつを操《あやつ》れる俺《おれ》って、すげぇ。

康熙は鼻高々だった。

ある日のことだ。授業《じゅぎょう》中、康熙はいつものように名前のことを考えていた。今は「オナラ・クッサ・プンプンスキー」だけど、次はどんなのにしようか。

と、先生が一人の男の話をし始めた。その男、坂本龍馬《さかもとりょうま》は、二百年ほど前に土佐《とさ》と呼《よ》ばれていた高知県に生まれ、当時仲《なか》の悪かった鹿児島《かごしま》県と山口県を仲直《なかなお》りさせ、江《え》戸幕府《どばくふ》を終わらせることへとつなげたという。つまり、日本の歴史《れきし》を変《か》えるきっかけになった人物だということだ。

先生がすごく熱心《ねっしん》に話すので、康熙もなんだか龍馬にあこがれてきた。とにかく、かなりすごい男だというのは間違《まちが》いない。なら、その名前、いただいちゃおう。

でも、先生が黒板に書いた「龍馬」という漢字は、康熙には難《むずか》しかった。そこで、

「龍《りょう》」と同じ読み方をする、「竜《りょう》」の字を使うことにした。意味も同じだし、この漢字のほうが簡単《かんたん》で書きやすい。

康熙《こうき》は名喰《なく》い鳥《どり》を呼《よ》び出して、「オナラ・クッサ・プンプンスキー」を食べてもらったあと、「竜馬《りょうま》」と書いた。いつもなら、すぐにあの不思議《ふしぎ》な風のような気配が起こり、康熙を竜馬に変えてくれるはずだった。だが……。

今回はいつまで待っても、風が起きなかった。

変《へん》だなと首をかしげたところで、康熙ははっとなった。机《つくえ》の上に、いつのまにか名喰い鳥が戻《もど》ってきていた。こちらをじっと見ている。

「な、なんだよ？　なんでまた現《あらわ》れたんだよ？」

ささやきかけても、名喰い鳥は動かない。ただただ康熙をにらんでいる。その目は赤々と光っていた。憎《にく》しみに燃《も》える目だ。

追い払《はら》おうと、腕《うで》を動かしかけたところで、康熙は思い出した。

そういえば、この「竜馬」という名前、前にも名乗ったことがある。あのときは、「たつま」という読み方をした。でも、同じ字を書いた。

頭の中に、もののけ屋の言葉がよみがえってきた。

一度消した名前は、取り戻《もど》せなくなる。

確《たし》か、そう言っていたはずだ。もしかして、約束《やくそく》をやぶったから、名喰《なく》い鳥《どり》は怒《おこ》っているのか？

康熙《こうき》は慌《あわ》ててあやまった。

「お、おい。悪かったよ。これ、忘《わす》れてたんだ。前に消してもらった名前だって、忘れてたんだよ。取り消すからさ」

だが、名喰い鳥は康熙から目を離《はな》さない。そのまま、くちばしを大きく開きだした。

「お、おい……何する気だよ！　あやまってるじゃん！」

悲鳴をあげる康熙に、名喰い鳥が「ぎゃぁあぁあっ！」と、ものすごい声をたたきつけてきた。耳をつらぬくような声に、康熙は「うっ！」と、白目をむいてしまった。

ようやく我《われ》に返ったときには、名喰い鳥は消えていた。そして、先生がテストをくばっているところだった。

「ん？　どうかしたか、オナラ・クッサ・プンプンスキー君？」

「へ？　あ、いえ、なんでもありません」

くすくすと、まわりから笑《わら》い声が立つ。

急に康熙《こうき》は恥《は》ずかしくなった。ノリでつけたとは言え、「オナラ・クッサ・プンプンスキー」なんて、やっぱりやめておけばよかった。すぐに変《か》えなくては。

康熙は名喰《なく》い鳥《どり》を呼《よ》び出そうとした。さっきの失敗《しっぱい》をなんとかあやまって、許《ゆる》してもらおう。そして、また名前を変えてもらおう。

ところが、どんなに念《ねん》じても、名喰い鳥がふたたび現《あらわ》れることはなかった。

その日一日、康熙は「オナラ・クッサ・プンプンスキー」だった。

次の日も、そのまた次の日も……。

保健室《ほけんしつ》のソファーで、くつろいでいる男がいた。ぼうず頭で、派手《はで》な着物を着た大男。もののけ屋だ。ふんふんと鼻歌まじりに、指のつめにやすりをかけている。

と、なんとも色あざやかな鳥が保健室《ほけんしつ》に飛《と》びこんできた。ニワトリに似《に》ているが、さまざまな色の羽根がいりまじっていて、まるで宝石《ほうせき》をちらしたように美しい鳥だ。

もののけ屋が手をさしのべると、鳥はゆっくりと舞《ま》い降《お》りてきた。

「お帰り、名喰《なく》い鳥《どり》ちゃん。あらまあ、前よりもずっときれいになったじゃないの。ほんと、すてきよぉ。……ああ、そう。やっぱりそうなったの。はいはい、そんなに怒《おこ》んないで。あなたの羽根を奪《うば》うなんて、そんなこと、誰《だれ》にもできやしないんだから。ほら、百鬼夜行《ひゃっきやぎょう》にお戻《もど》りなさいな」

なだめるように言いながら、もののけ屋は名喰い鳥を自分の着ている羽織《はおり》に近づけた。すうっと、名喰い鳥は羽織の中へと吸《す》いこまれていった。

もののけ屋は苦笑《にがわら》いをした。

「名喰い鳥ちゃんって、すごく執着《しゅうちゃく》が強いのよねぇ。自分のものになった名前は、絶《ぜっ》対《たい》に手放さないし、それを奪おうとする者を許《ゆる》さない。……あの子も馬鹿《ばか》ね。自分が

石田オナ
ラ・クッサ・フ
ンプン
スキ
NIHON NO

どんな名前を使ったか、ちゃんとメモでもしておけばよかったのに。……オナラうんたらかんたらだっけ？　うーん。一生、その名前のままだなんて、自業自得《じごうじとく》とはいえ、ちょっと気の毒《どく》な話よねぇ」

そうつぶやいたあと、もののけ屋はふたたびつめのお手入れをし始めた。

魔言
まこと

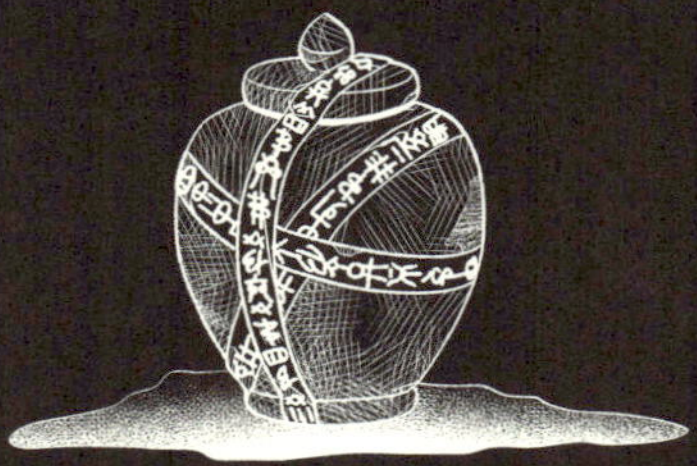

願《ねが》ったことがなんでも叶《かな》えばいいのに。

そう思ったことはないだろうか？

みゆきはいつもそう思っていた。なんでも自分の願いが叶ったら、どんなにすてきだろうと。

（まずは、いじめっ子の李理子《りりこ》やえりかを学校から追放するんだ。それから、いつも犬をけしかけてくる近所のおじさんを、こらしめてやるでしょ。あと、うちのことを馬鹿《ばか》にする親戚《しんせき》のおばさんの口をだまらせて。そうだ、ほしいものをなんでも買ってもらえるようにして……）

「こらこら、星川《ほしかわ》さん。ぼうっとしてないで、ちゃんとそうじやってください」

先生の声に、みゆきは我《われ》に返った。とたん、理科室の独特《どくとく》のにおいが鼻についた。薬くさくて、かびくさい。思わず鼻にしわがよる。

みゆきは理科室が好《す》きではなかった。くさいし、いつもじっとりと薄暗《うすぐら》いし。実験《じっけん》中、うっかり服を焦《こ》がしてしまったという、いやな思い出もある。

でも、なによりいやなのは、棚《たな》の中にずらりと並《なら》んだ標本《ひょうほん》だ。ホルマリン漬《づ》けにされたカエルだの、ネズミだの、ヘビだのが、瓶詰《びんづ》めにされていて、ぞっとしてしまう。

それなのに、放課後《ほうかご》の今、みゆきはわざわざ学校に残《のこ》って、大嫌《だいきら》いな理科室のそうじをしている。

（先生が『放課後に理科室のそうじをするんだけど、誰《だれ》か手伝《てつだ》ってくれませんか？』なんて、言ったりしなければ……こんなことにならなかったのに）

みゆきは唇《くちびる》をかんだ。

もちろん、引き受けるつもりなんかなかった。だが、えりかに、わきばらをこづかれたのだ。

えりかは底意地《そこいじ》の悪い笑顔《えがお》で、みゆきを見ていた。その向こうには、李理子《りりこ》もいて、やっぱりいやな顔で笑《わら》っていた。

二人が何を言おうとしているのか、すぐにわかった。断《ことわ》ったら、どうなるかも……。

しかたなく、みゆきは手をあげて、「あたし、手伝います」と言った。そうするしかなかった。だから今、家にも帰れずに、ここにいるというわけだ。

（あいつら……大嫌《だいきら》い）

李理子《りりこ》とえりか。あの二人のことを考えれば考えるほど、ふつふつと、はらわたが煮《に》えたぎってくる。

「ほんと、みゆきって、先生の前だといい子ぶるよねぇ」

「やらしいよねぇ」

みゆきがそうじ係を引き受けたあとに、えりかたちが言った言葉が、まだ耳に残《のこ》っている。

あの二人はいつもそうだ。みゆきにいやなことをやらせておいて、そのことを馬鹿《ばか》にしてくる。くやしくてしかたないが、逆《さか》らう勇気《ゆうき》はみゆきにはなかった。

なんとかできたらいいのに。なんでも、思いのままにできるようになれたらいいのに。

ため息まじりに、棚《たな》の下をぞうきんでふいていたときだ。くすっと、誰《だれ》かが笑《わら》った。

続《つづ》いて、小さな声がした。

「なんとかして、あげようか？」

みゆきはぱっと顔をあげた。まわりを見ても、誰《だれ》もいない。先生も、さっき何かを取ってくるとか言って、理科室から出ていってしまった。みゆきはたった一人、理科室の中にいる。なのに、今の声は……。

いや、きっと空耳だ。そうでなければ、李理子《りりこ》たちのいたずらだ。どこかに隠《かく》れて、みゆきをおどかそうと声をかけてきたに違《ちが》いない。

みゆきはまた腹《はら》が立ってきた。どこまで馬鹿《ばか》にすれば気がすむんだろう。

と、また声がした。

「ねえ、なんとかしてあげようか？」

今度はすぐ後ろからだった。でも、後ろには棚《たな》しかない。いくら李理子たちでも、この棚の中に隠れるなんて無理《むり》だ。

ぞくっと、首筋《くびすじ》のあたりが寒くなった。考えてみれば、この声は李理子やえりかのものじゃない。もっと小さくて、か細くて、ざらついている。

「だ、誰《だれ》なの？」

思い切って声を返してみた。

「誰なのよ！　ど、どこにいるの？」

「ここ」

「だから、ここってどこ？」

「ここ。ネズミと魚の後ろ」

みゆきは恐《おそ》る恐る棚《たな》をのぞきこんだ。ネズミと魚の標本《ひょうほん》が、それぞれ大きな瓶《びん》の中に入って、並《なら》んでいる。その後ろに、何か白っぽいものが見えた。棚の戸を開けて、それを取り出してみた。

みゆきのこぶしくらいの大きさの壺《つぼ》だった。ぐるりと、黄ばんだ古そうな紙が巻《ま》きつけられている。紙にはごちゃごちゃといろいろな字が書いてあったが、みゆきにはまるで読めなかった。それに、古くなったせいか、はしっこのほうがめくれて、はが

棚の中の
備品
持ち

れかけている。

汚《きたな》らしい、小さな壺《つぼ》。なのに、みゆきは強烈《きょうれつ》な力を感じた。なんだろう。心が、体が、吸《す》い寄《よ》せられるような感じだ。

「あ、あんたが話しかけてきたの?」

そんなことあるわけないと思いつつ、みゆきは壺にささやいた。

返事はすぐにあった。

「そうだよ」

「……………」

「信じられないと思っているね? でも、これがわたし。この壺の中にいる。もうずっと長いこと、ここにいる」

「ど、どうして?」

「悪いやつに閉《と》じこめられた」

かりっと、壺の中から音がした。まるで、小さなつめが壺の内側《がわ》をひっかいているかのような音。

みゆきは怖《こわ》くなりかけたが、声がしゃべりだすと、また夢中《むちゅう》になって聞き入った。声には不思議《ふしぎ》な魅力《みりょく》があったからだ。

「わたしには大好《だいす》きな友達《ともだち》がいた。その子のために、わたしはなんでもしてあげた。悪いやつはそれが気に食わなくて、友達をだまして、わたしを閉《と》じこめた。それからずっと、ここにいる。みんなに忘《わす》れられ、たった一人で……」

「かわいそう……」

「ありがとう。優《やさ》しい子だね」

壺《つぼ》の中の何かが笑《わら》った。

「名前を教えてくれる？」

「あたしはみゆき。星川《かわ》みゆき。あんたは？」

「わたしは、まこと」

「まこと？　きれいな名前ね」

「ありがとう」

「みゆき」と、まことが甘《あま》く呼《よ》びかけてきた。

「ずっとずっと、みゆきのような子を待っていた。わたしを助けてくれる優《やさ》しい子。そして、わたしが助けてあげるのにふさわしい子を。みゆき、わたしをここから連《つ》れ出して。そうしたら、わたしも助けてあげる。願《ねが》いをなんでも叶《かな》えてあげる。わたしには、力があるから」

まことの言葉は、みゆきの心にからみついてくるようだった。

助けてあげよう。願いをなんでも叶えてくれるなんて、そんなこと、できるはずないけど。でも、ずっと閉《と》じこめられていたなんて、かわいそうだ。

だから、「いいよ」と、答えた。

「どうしたらいいの？」

「まずはこの理科室から出して。どこか、誰《だれ》にも見つからない場所に連《つ》れていって」

「わかった」

みゆきは壺《つぼ》をポケットに入れて、さりげなく理科室の外へ出た。うれしいことに、誰《だれ》にも出くわさなかった。

そのまま、みゆきは自分の教室、六年一組へと向かった。教室には誰もいなくて、静《しず》まり返っていた。

みゆきは、まことの壺を取りだした。

「ここ、あたしの教室よ。誰もいないわ。次はどうしたらいい？」

「壺のお札《ふだ》をはがして」

これはお札だったのかと思いながら、みゆきは壺を包《つつ》む紙をはがしにかかった。古いせいか、簡単《かんたん》にはがれてくれた。とれたお札は、みゆきの手の中でぼろぼろとなって、一瞬《いっしゅん》だけいやなにおいが立ちのぼった。それがなんだか不気味《ぶきみ》だった。

だが、みゆきが変《へん》だなと思いかけたとき、まことがうれしげに言ってきた。

「ありがとう、みゆき」

まことの声はいっそう魅力《みりょく》をましていた。最初《さいしょ》は少ししゃがれていたけれど、今は鈴《すず》のように澄《す》んでいる。男でも女でもなく、その両方であるような声。まるで妖精《ようせい》のようだ。

たちまち、みゆきはうっとりしてしまった。おびえたこともすぐに忘《わす》れた。もっとだ。もっとまことを喜《よろこ》ばせたい。だから、言った。

「ふたも開ける?」

「それはまだ。今のわたしは弱っていて、みゆきを心配させてしまう。もっと元気に、きれいになったら、みゆきに姿《すがた》を見せるから」

「でも……おなかすいたりしない? トイレとかは?」

「大丈夫《だいじょうぶ》。わたしのことより、みゆき、みゆきの願《ねが》いを言って。みゆきの望《のぞ》みを叶《かな》えたい」

「ほんとに……叶えてくれるの?」

「もちろん。まだ小さい願いしか無理《むり》だけど。わたしは力を使えば使うほど、強くなる。そのうち、なんでも叶えられるようになる。だから、みゆき、どんどん言って。

わたしに頼《たよ》って」

最後《さいご》の言葉には、ほとんど命令《めいれい》するような強い響《ひび》きがあった。

早く何か言わないと、まことが機嫌《きげん》を悪くしてしまいそう。みゆきは焦《あせ》った。

「えっと。えっとね……そ、そうだ！　今、勝手に理科室を出てきちゃったから、先生にばれたら叱《しか》られちゃう。し、叱られないようにしてほしいんだけど」

「わかった。そうしてあげる」

まことの声は本当にうれしそうで、今にも笑《わら》いだしそうだった。

「それでは、みゆき。また明日会おう」

「えっ？」

「わたしはこの学校から外には出られない。今はまだね。だから、この教室に置《お》いていって。大丈夫《だいじょうぶ》。みゆきの願《ねが》いはちゃんと叶《かな》えたし、それに、明日また会えるから」

「わ、わかった。でも、残念《ざんねん》ね。うちに連《つ》れてってあげようと思ってたんだけど」

「そのうち、必《かなら》ずそうなる。いつも一緒《いっしょ》にいられるようになるから。今は我慢《がまん》して。

わたしも我慢するから」

「うん」

みゆきは言われたとおり、まことの壺《つぼ》を自分の机《つくえ》の奥《おく》に隠《かく》した。

「それじゃ、あたし、帰るけど……ほんとにいいのね？」

「わたしのことは心配いらない。また明日。明日を楽しみにしているよ、みゆき」

みゆきはしぶしぶ家に帰ることにした。だが、リュックサックを持って、教室から出たところで、ちょっと思った。

まことは願《ねが》いを叶《かな》えたと言っていたけれど、いったん理科室に戻《もど》って、様子を見ておいたほうがいいかも。先生が戻っていたら、「ちょっとリュックサックを取りに行ってただけです」と、言《い》い訳《わけ》をして、そうじを手伝《てつだ》えばいい。

みゆきは理科室に向かった。そして、ぎょっとなった。理科室の前で、先生が倒《たお》れて、うんうん唸《うな》っているではないか。

慌《あわ》てて駆《か》けよった。

「せ、先生！　だ、だ、大丈夫《だいじょうぶ》？」

「あ、ほ、星川、さん。ご、ごめん。職員室《しょくいんしつ》に行って、ほ、ほかの先生を連《つ》れてきて。こ、転んで、立てなくなっちゃって」

「は、はい！」

もうそうじどころではない。大慌《おおあわ》てで、みゆきは職員室に走った。

すぐにほかの先生たちが理科室に向かった。みゆきも戻《もど》ろうとしたが、止められた。

「もう君はいいから。遅《おそ》くなる前に家に帰りなさい」

こうして、みゆきは家に帰ることができたのだ。もちろん、理科室のそうじをすっぽかしたことも、怒《おこ》られることはなかった。

（まことがやってくれたのかな？　だとしたら……ラッキー！　先生が転んじゃったのはかわいそうだけど、でもなんかよかった！）

翌日《よくじつ》、みゆきは朝早くに学校に向かった。教室に着いてみれば、思ったとおり、まだ誰《だれ》もいない。急いで自分の机《つくえ》に駆《か》けより、中をのぞきこんだ。

小さな壺《つぼ》があった。

よかった！　消えていなかった！

ほっとするみゆきに、壺《つぼ》の中から声がかけられた。

「おはよう、みゆき」

「おはよ！　ねえ、まこと！　昨日《きのう》のあれ、まことがやったの？　先生を転ばせた？」

「そう。みゆきのため。みゆきが怒《おこ》られずに家に帰れるように、やった」

「やっぱり！　あ、でも……先生を転ばせたのはちょっとやりすぎかも」

「うれしくなかった？」

「そ、そうじゃなくて……」

「………」

これ以上《いじょう》言うと、まことが機嫌《きげん》を悪くするかもしれない。みゆきは急いで話題を変《か》えることにした。

「そ、それより、これからどうするの？」

「まことは、みゆきのそばにいたい。そして、みゆきの願《ねが》いを叶《かな》えてあげたい」

「それって……また何か頼《たの》んでもいいってこと？」

「もちろん」

「うわ、やった！　あんたって、最高《さいこう》の友達《ともだち》ね！」

「ふふ、友達。そう、まことはみゆきの味方だよ」

まことの声は蜂蜜《はちみつ》のように甘《あま》く、みゆきは頭がくらくらするほどだった。こんなすてきな友達ができるなんて、まるで夢《ゆめ》のようだ。

と、まことが言った。

「みゆき、誰《だれ》か来る。わたしは、みゆきだけのものだから、ほかの人に知られたくない」

「わ、わかってる。あたしも、まことのこと、秘密《ひみつ》にしておきたいもん」

「では、わたしを隠《かく》して。何か願《ねが》いができたら、壺《つぼ》に触《ふ》れて、願い事を言えばいい」

「うん。そうさせてもらうね」

みゆきは、まことの壺を大事にポケットにしまった。学校にいる間は、絶対《ぜったい》にそばから離《はな》さない。そう決めた。

そのあと、次々とクラスメートが教室に入ってきた。

李理子《りりこ》とえりかもやってきた。みゆきのほうを見ながら、にやにや笑《わら》う二人。きっと、昨日《きのう》みゆきを理科室そうじに行かせたことを笑っているのだろう。でも、そのおかげでまことと出会えたと思うと、みゆきは怒《いか》りもわいてこなかった。

やがて、先生がやってきた。腰《こし》に手をあて、顔をしかめている。どうしたんですかと、さっそく誰《だれ》かが聞いた。

「昨日、転んじゃったんですよ。痛《いた》いの痛くないのって。でも、星川さんがすぐにほかの先生を呼《よ》んでくれて、助かりました。ありがとね、星川さん」

お礼を言われて、みゆきはうれしくなった。

だが、李理子とえりかがすぐさま小声でののしってきた。

「ま～たいい子ちゃんぶってる。ほんとやらしいよねぇ」

「ほんと。ランドセルも買えない貧乏人《びんぼうにん》のくせに！」

二人の声を聞きつけて、まわりの子たちがくすくすと笑《わら》った。

かっと、みゆきは頭に血がのぼった。みゆきはランドセルを使っていない。かさばるから、好《す》きじゃないのだ。だから、ランドセルよりもたくさん物が入るリュックサックを使っている。

でも、そのことをみんながからかってくる。ランドセルも買えないのかって。「あたしが選《えら》んでそうしているの！」と、いくら言っても、わかってくれない。

それに、李理子《りりこ》とえりか。この二人にはもううんざりだ。今すぐなんとかしなくては。

頭にきたみゆきは、ポケットに手を入れ、壺《つぼ》に触《ふ》れた。

「まこと。まこと、聞こえる？」

すぐさま返事があった。

「聞こえる。願《ねが》いができたんだね、みゆき？」

「うん。李理子とえりかを、学校から追い出してほしいの。あいつらの顔、もう二度と見たくない。あと、あたしがリュックサックを使っていることを、みんながからかってこないようにしてくれない？」

「お安いご用。まかせて、みゆき」

頼《たの》もしい言葉に、みゆきはほっとした。さあ、どうなるか。あとは楽しみに待つだけだ。怒《いか》りをおさえこみ、みゆきは前を向いた。

それからは、ごく普通《ふつう》に時間が過《す》ぎていった。いつものように授業《じゅぎょう》が進み、休み時間が来ては、また授業となる。

みゆきは少し不安になった。まことを疑《うたが》うわけではないが、本当になんとかしてくれるのだろうか？

そんなことを思っているうちに、体育の時間になった。まことの壺《つぼ》は机《つくえ》に隠《かく》し、体《たい》操着《そうぎ》に着替《きが》えて、運動場へと出た。大嫌《だいきら》いなバスケットボールをやらされ、みゆきはますます落ちこんだ。今日はいやなこと尽《づ》くしみたいだ。

まこと、早くなんとかしてよ。

みゆきは必死《ひっし》で願《ねが》った。

その願いが通じたのか、性悪《しょうわる》コンビの一人、えりかが急に「気分が悪い」と言いだして、保健室《ほけんしつ》に行ってしまった。みゆきはほっとした。えりかがいないと、李理子《りりこ》もそれほどしつこくみゆきをターゲットにしないからだ。

ようやく体育が終わり、みゆきは教室に戻《もど》った。

と、先に戻った子たちがなにやら騒《さわ》いでいる。「早く先生を呼《よ》んでこなきゃ！」という声も聞こえる。

教室をのぞきこんで、みゆきはぎょっとした。

教室の中はめちゃくちゃだった。椅子《いす》や机《つくえ》は倒《たお》され、教科書やノートがばらまかれている。まるで嵐《あらし》でも通ったかのようだ。特《とく》にひどいのはランドセルで、どれもこれも傷《きず》つけられ、大きな傷ができている。

「ひどい……」

みんながショックを受けていると、先生が三人、駆《か》けつけてきた。

「あ、先生！」

「みんな、大丈夫《だいじょうぶ》？」

「平気だけど、みんなの持ち物が！」

「見てよ、先生！　ひどいんだから！」

「うわ、こりゃひどいな」

「と、とにかくみんな落ち着いて。いったん、外に出ましょう」

このときだ。がたんと、そうじ道具を入れているロッカーから、大きな音がした。

みんなは、はっと、だまりこんだ。先生たちも、見たこともないほど青い顔をして、身がまえた。

「みんな……ゆっくり、慌《あわ》てずに外に出なさい」

「生駒《いこま》先生、私《わたし》は警察《けいさつ》を呼《よ》んできます」

「頼《たの》みます」

緊張《きんちょう》した声でささやきあう先生たち。

だが、子供《こども》たちがそろそろと動きだしたときだ。ばたんと、ロッカーの戸が開いて、何者かが転がり出てきた。

それはなんと、えりかだった。青い顔をして、半ベソをかいている。その手には、小さなカッターが握《にぎ》られていた。

「み、三郷《みさと》さん！　な、なにやってるの！」

「ご、ご、ごめん、なさい！　ごめんなさい！　あたし、あたし……こんな、やるつもりじゃなかったの」

うわっと、えりかは泣《な》きだした。

先生たちは、とにかくとばかりにえりかの腕《うで》をつかんで、職員室《しょくいんしつ》に連《つ》れていってしまった。

その日は、そのまま全校児童《じどう》が家に帰された。それでも、あっというまにうわさは広まり、翌日《よくじつ》にはだいたいのことが、みゆきたちの耳にも届《とど》いていた。

みんなの持ち物を壊《こわ》した犯人《はんにん》は、やはり、えりかだった。急に、すごくいらいらして、やってしまったらしい。ほんのちょっと傷《きず》つけるつもりが、いざやりはじめたら、歯止めがきかなくなってしまったと、言ったそうだ。

もちろん、クラスのみんなはかんかんに怒《おこ》った。

「あいつ、中学受験《じゅけん》するとかで、毎日塾《じゅく》で勉強漬《づ》けだったらしいから。それでおかしくなって、みんなの持ち物や机《つくえ》に八つ当たりしたんだぜ、きっと」

「ひどいよね。あたしのランドセル、おばあちゃんが買ってくれたやつだったのに」

「あたしも。おかげで、今日はバッグで来なくちゃいけなかったし」

「もう絶対許《ぜったいゆる》さないんだから」

「あとさ、あたし思うんだけど、李理子《りりこ》もえりかの仲間《なかま》なんじゃない？　共犯者《きょうはんしゃ》ってやつ。だってほら、あの二人、親友だもん。えりかがこういうことするって、李理子は絶対知ってたはずよ」

「だとしたら、李理子も許せないよな。話聞かせてもらおうぜ」

みんな、えりかと李理子が学校にやってくるのを待った。でも、二人とも、その日は来なかった。次の日も、そのまた次の日も。

結局《けっきょく》、そのまま顔を見せることなく、二人は転校していってしまった。

これを聞いて、みゆきは首をかしげた。えりかが転校したのはわかる。でも、なぜ李理子《りりこ》まで？

だが、李理子の家の近くに住む大輝《だいき》が、情報《じょうほう》を仕入れてきた。

「なんかさぁ、李理子のお父さんが仕事でしくじって、いっぱいお金をなくしちゃったらしいよ。で、もうここに住んでいられないって、どこかに逃《に》げてったって。うちの母さん、そう言ってた」

「へえ、李理子ってお金持ちのおじょうさまだと思ってたけどなぁ」

「だからさ、おじょうさまじゃなくなったから、ここにいられなくなったってことだろ？」

「なるほどね。あの子、さんざんいばってたもんね」

みんなのうわさ話を聞きながら、みゆきは胸《むね》がどきどきしていた。

いなくなった。李理子《りりこ》も、えりかも。それに、ランドセルが壊《こわ》されたから、みんな、バッグやリュックサックで学校に来るようになった。

なにもかも、みゆきが望《のぞ》んだとおりだ。

「あんたがやってくれたのね？」

まことの壺《つぼ》に聞くと、すぐに返事があった。

「そう。みゆきの願《ねが》いを叶《かな》えた。みゆき、うれしい？」

「う、うん。すごくうれしいよ。ありがとう」

本当は、ちょっと胸《むね》がもやもやしたけれど、みゆきはそれを無視《むし》した。まことはみゆきの願いを叶えてくれただけ。ちょっと過激《かげき》な方法だったけど、それを責《せ》めたりなんかできない。絶対《ぜったい》に、李理子たちのことをかわいそうだなんて、思ってはいけないのだ。

「と、とにかく、これでなにもかもハッピーよね」

無理《むり》やりそう思うことにした。

そうだ。これでなにもかも完璧《かんぺき》だ。これからはずっと幸せで平和な毎日が続《つづ》くんだ。

だが、そうはいかなかった。

その日、みゆきが家に戻《もど》ってみると、めずらしくお父さんが早く帰ってきていた。

だが、顔色が悪い。その横に立っているお母さんは、そんなお父さんを怖《こわ》い顔でにらみつけている。

「た、ただいま」

「あ、みゆき。お帰り」

「お帰り……」

「……な、なんかあったの？」

「なんでもないのよ。今日はちょっと外で遊んできて。いいわね」

まるで追い出されるように、みゆきは家の外に出されてしまった。

心配になったみゆきは、こっそり家の裏手《うらて》に回って、耳をすませた。お母さんの怒《ど》鳴《な》り声が聞こえた。ぎゃんぎゃんと、わめいている。お父さんの泣《な》きそうな声も聞こえ、みゆきは胸《むね》がばくばくしてきた。

どうやら、お父さんが仕事をやめてしまったらしい。これからどうやって暮《く》らすんだ、お金なんかないのに、と、お母さんはお父さんを責《せ》めている。

聞けば聞くほど、苦しくなってきて、みゆきは急いで家から離《はな》れた。それでも、胸の痛《いた》みはなかなかおさまらなかった。

お金。お金さえあればいいのに。たっぷりお金があれば、お父さんが働《はたら》かなくても大丈夫《だいじょうぶ》だし、お母さんもにこにこしていられるだろう。お金がほしい。大金持ちになりたい。

ここで、みゆきははっとした。自分には、最高《さいこう》にすてきな友達《ともだち》がいるではないか。願《ねが》い事をなんでも叶《かな》えてくれる、まことという友達が。

「まことにお願いすればいいんだ」

翌日、みゆきは大急ぎで学校に行って、まことの壺《つぼ》をつかんだ。

「まこと！　お願い！　一生のお願い！　うちをお金持ちにして！　お父さんが仕事

やめちゃって、お金がないって、お母さんが怒《おこ》ってるの。あんなの、やなのよ！」

「わかった。ちゃんと叶《かな》えてあげる」

まことはうれしげにうけあってくれた。

みゆきは涙《なみだ》が出るほどほっとした。まことがこうして約束《やくそく》してくれたのだから、きっと大丈夫《だいじょうぶ》。すぐにお金が入ってくるだろう。

（そうしたら、あたしのおこづかいも、うんとアップするかも。なんでも買っていいってことに、なったりして）

そんなことを考えているうちに、怖《こわ》さや不安《ふあん》は消えて、わくわくとしてきた。

そして授業中《じゅぎょう》、こっそり「ほしいものリスト」を書いていたときだ。校長先生がいきなり教室に入ってきた。

「やあ、邪魔《じゃま》してすまないね。ちょっと星川みゆきさんに用があるんだけど。どこかな？」

「あ、ここです」

恐《おそ》る恐る手をあげるみゆきに、校長先生はこわばった笑顔《えがお》を向けてきた。

「あ、うん。星川さん。それじゃ、ちょっと一緒《いっしょ》に来てくれるかな？　あ、荷物を持ってね」

どくんどくんと、みゆきの心臓《しんぞう》が打ち出した。なんだかいやな予感がする。

みんなの視線《しせん》をあびながら、みゆきはリュックサックに持ち物をつめて、教室を出た。

「あの、なんなんですか？　何かあったんですか？」

「うん。……じつはね、君のおうちが火事になってしまったんだよ」

「うそ！」

「本当なんだ。あ、いや。お父さんやお母さんにケガはないから、安心しなさい。ただね……家のほうは、もう完全《かんぜん》にだめだろうって」

「そんな……」

「だから、いったん君をおばあさまのおうちに送るから。お父さんたちもそこに来ると言っていたから、大丈夫《だいじょうぶ》だよ」

そのあとのことを、みゆきは覚《おぼ》えていない。気づいたら、おばあちゃんの家にいた。夕方になると、お父さんとお母さんが疲《つか》れ果《は》てた様子で帰ってきた。やはり、家は完全《かんぜん》に燃《も》えてしまったそうだ。それでも、「大丈夫だ」と、お父さんたちは言った。

「火事の保険《ほけん》に入っていたから、それなりにお金がもらえるよ。それに、今回はお隣《となり》の家から火が出たんだ。賠償金《ばいしょうきん》をちゃんと払《はら》うって、お隣は約束《やくそく》してくれたから」

「そうよ。だから心配しないでね、みゆき。前よりお金持ちになるくらいなんだから」

それでも、みゆきは涙《なみだ》が止まらなかった。大事なものはすべてなくなってしまった。服も、家具も、本も。アルバムも、貝のコレクションも、お気に入りのぬいぐるみも、なにもかも。

お金はたくさん手に入るし、新しい家も買えるだろう。だが、思い出の品は何一つ戻《もど》ってこない。

ひどい。こんなのって、ひどすぎる。

ショックのあまり、みゆきは熱《ねつ》を出して寝《ね》こんでしまった。

目が覚《さ》めたときは、真夜中だった。お父さんもお母さんも、おばあちゃんも、みんな眠《ねむ》ってしまっているようだ。

火事のことを思い出し、みゆきはまた涙《なみだ》をこぼした。

「なんで……なんで、こんなことになっちゃったの」

「みゆきが望《のぞ》んだことだよ」

突然《とつぜん》のささやきに、みゆきは飛《と》びあがった。見れば、ふとんの横に小さな壺《つぼ》があった。まことの壺だ。

「まこと！　ど、どうしてここに！」

「みゆきのおかげで、だいぶ力がついてきた。もう学校の外にも出られる。だから、来た。わたしはみゆきのそばにいるべきだから」

「…………」

「どうしたの、みゆき？」

「あ、あんた……あんたがやったの？　うちを燃《も》やしたの？」

「怒《おこ》っているの？　なぜ？」

「なぜじゃないわよ！　こ、答えてよ！　まことがやったの？」

くすっと、まことが笑《わら》った。

「当たり前のことをなぜ聞く？　もちろん、わたしがやったこと」

「ひ、ひどい！　なんてことしてくれたのよ！」

「みゆきが望《のぞ》んだことだから」

「そんなこと、望んでない！」

「いいや、望んだ」

まことの声が鋭《するど》くなった。

「お金がほしいと望んだ。わたしはそれを叶《かな》えるかわりに、家を燃やした。それの何が気に食わない？」

「だって……だって……」

「馬鹿《ばか》な子。おろかな子。ただ願《ねが》えば、なんでも叶《かな》うとでも？　とんでもない。願い事には、代償《だいしょう》がつきもの。そして、その代償がわたしの餌《えさ》となり、力となる。ふふ、もっともっと願うがいい、みゆき。おまえが願い事を口にするたびに、わたしはそれを食らう。みゆき、おまえはわたしのもの。わたしたちはずっと一緒《いっしょ》。ずっとずっとね」

みゆきは髪《かみ》の毛が逆立《さかだ》つほど怖《こわ》くなった。もしかして、自分はとんでもないものを友達《ともだち》にしてしまったんじゃないだろうか。

「理科室から……出すんじゃなかった」

「ふふ、ふふふ」

不気味《ぶきみ》に笑《わら》うまこと。我慢《がまん》できなくなって、みゆきはふとんをひっかぶった。がたがた震《ふる》えながら、耳をおさえて必死《ひっし》に願った。

消えろ！　まことの壺《つぼ》なんて、ないんだ！　消えてしまえ！　これは夢《ゆめ》。朝になったら、きっと消えているんだから。

おびえているうちに、いつのまにか眠《ねむ》ってしまった。

朝、目覚《めざ》めるなり、みゆきは願《ねが》った。

お願いだから、壺《つぼ》なんかありませんように！

だが、壺はあった。あざわらうように、みゆきの顔のすぐ横にあったのだ。

一瞬《いっしゅん》かたまったあと、みゆきは壺をひっつかんだ。こうなったら、この悪魔《あくま》のような壺を捨《す》ててしまおう。そうすれば、もう大丈夫《だいじょうぶ》だ。そうに決まっている。

「でかけてくる」と、家族に声をかけ、みゆきは外に飛《と》び出した。できるだけ遠くに、そして、できるだけ人気《ひとけ》のないところに捨てないと。あ、それより神社がいい。神社なら、悪いものを封《ふう》じてくれるだろう。

みゆきは必死《ひっし》で、近くの神社に向かって走った。だが、神社に近づくにつれて、どんどん体が重くなって、苦しくなってきた。

ポケットの中から、まことが甘《あま》くささやいてきた。

「無駄《むだ》だよ、みゆき。みゆきはもう、わたしと一緒《いっしょ》のものになりかけているのだから」

「う、うそよ、そんなの！」

「本当だよ。もう、みゆきはわたしなしでは生きられない。だから、変《へん》なことはしないで、家にお戻《もど》り。そして何か願《ねが》えばいい。なんでも叶《かな》えてあげるから」

「だったら、き、消えてよ！　あたしの前から消えてよ！」

「ふふ。わたしがこのまま消えたら、みゆきも消えてしまうよ。そうなってもいいの？」

「………」

「ふふ、ふふふふ」

「あ、あんたなんか、絶対《ぜったい》追い払《はら》ってやる！」

泣《な》きベソをかきながら、必死《ひっし》で道の角をまがったときだ。どんと、みゆきは誰《だれ》かとぶつかってしまった。

相手は、みゆきよりも少し年下の少年だった。小柄《こがら》で、色白で、ちょっとかわいい。でも、少年はみゆきと目が合うなり、ぎょっとしたようだった。顔がみるみる青ざめていく。

変《へん》な子と思いつつ、「ごめんね」と、あやまって、みゆきは先に進もうとした。だが、少年が呼《よ》びとめてきた。

「ま、待って」

「え?」

「あ、あの……いきなりこんなこと言うの、えっと、変《へん》だと思うけど……ポケットの中のもの、捨《す》てたほうがいいよ」

今度はみゆきがぎょっとする番だった。ポケットを押《お》さえながら、後ろにあとずさりした。

「な、なによ、いきなり……なんだっていうのよ!」

「あの、ごめんなさい。ぼくはただ……」

「言って! 言ってよ! な、何が見えるっていうの?」

「……悪いもの。すごく怖《こわ》いもの……お姉さんにくっついて、笑《わら》っているよ」

みゆきは目の前が真っ暗になった。

知られてしまった! あたしが、まことと一緒《いっしょ》にいることを。誰《だれ》にもばれないうちに、まことを追い払《はら》うつもりだったのに。

恥《は》ずかしくて、怖《こわ》くて、みゆきは思わず叫《さけ》んでしまった。

「何よ！　変《へん》なこと言わないでよね！　あ、あんたなんか、消えちゃえ！」

「わかった」

まことの声に、みゆきは我《われ》に返った。とたん、血の気が引いた。なんてことを口走ってしまったんだろう！

「うそ。ちが……違《ちが》うのよ！　本気で言ったんじゃない！　やめて！」

「口からこぼれた言葉は、決して取り消せない。言葉は力。わたしのもの。望《のぞ》みどおり、この男の子を消してあげる。今度の望みは、ふふ、とてもおいしそう」

「やめてぇ！」

泣《な》き叫ぶみゆきを無視《むし》し、目に見えないものが少年に襲《おそ》いかかった。少年の顔が一気にこわばる。だが……。

ぱりんと、何かが割《わ》れるような音がした。続《つづ》いて、ぎゃあああっと、鋭《するど》い悲鳴があがったのだ。

その悲鳴に、みゆきは体がばらばらにされるような衝撃《しょうげき》を食らい、気を失《うしな》った。

庄司《しょうじ》は息をするのも忘《わす》れて、立ち尽《つ》くしていた。

今起きた出来事が信《しん》じられなかった。

道をまがったときに、うっかりぶつかってしまった年上の女の子。その子のポケットからは、まがまがしい黒い影《かげ》がたちのぼって、いやらしい笑《わら》い声をたてていた。

あまりのことに、庄司はだまっていられず、ついつい「捨《す》てたほうがいい」と言ってしまった。女の子はパニックを起こしたみたいで、「消えろ」と、庄司を怒鳴《どな》りつけてきた。

そのとたん、黒い影が大きくふくれあがった。自分をねらっているんだと、庄司にはわかった。女の子は止めようとしてくれたが、影は大波のように庄司に襲《おそ》いかかってきた。

食われると、目をつぶりかけたときだ。庄司《しょうじ》は、ぱりんという音を聞いた。続《つづ》いて、しゅっと、自分のポケットの中から、何かが飛《と》び出すのを感じた。

ぎゃあああっ！

悲鳴を聞いて、庄司は恐《おそ》る恐る前を向いた。

影《かげ》は消えていた。かわりに、見たこともない生き物がいて、むぐむぐと、口を動かしていた。柴犬《しばいぬ》に似《に》ているが、足がとても太く、毛並《けな》みは月のような銀色だ。まるで横綱《よこづな》のように、紅《べに》色の太い縄《なわ》を背中《せなか》にしめているし、長いしっぽの先は、青い炎《ほのお》を灯《とも》している。

奇妙《きみょう》な生き物は、庄司を見て、しっぽを振《ふ》った。ほめて、なでてと、言っているかのようだ。びくびくしながらも、庄司は生き物の頭をなでてやった。

と、どどどっと、騒々《そうぞう》しい足音を立てて、突然《とつぜん》道の向こうから一人の大男が走ってきた。その姿《すがた》に、庄司は目をむいた。派手《はで》な着物に、それ以上に派手な羽織《はおり》をまとった、ぼうず頭の男。

もののけ屋だ！

「ぎゃあっ！」

庄司《しょうじ》は逃《に》げようとしたが、それより早くもののけ屋が飛《と》びついてきた。ただし、飛びつかれたのは庄司ではなく、銀色の生き物のほうだった。

がっちりと両手で生き物の顔をはさみこみながら、もののけ屋は叫《さけ》んだ。

「まさか！　ま、まさか食べちゃったの？　いやぁぁ、だめよぉぉ！　あたしが手に入れようと思っていたのにぃ！」

生き物は迷惑《めいわく》そうにもののけ屋の手をふりはらい、とことこと、庄司のそばに近よってきた。

がっくりと、うなだれるもののけ屋に、庄司はしかたなく声をかけた。

「あの……大丈夫《だいじょうぶ》、ですか？」

「大丈夫じゃないわよぉ。ひどいったらないわぁ。せっかく大きくなるのを待ってたのに。途中《とちゅう》で横取りされるなんて、最悪《さいあく》よぉ。たまちゃんもたまちゃんだわ。いくら庄司《しょうじ》君が気に入ったからって、こんな強力な用心棒《ようじんぼう》をあげることないのに」

「たまちゃん？　用心棒？」

「庄司君、たまちゃんから卵《たまご》をもらったでしょ？」

庄司は思わずポケットに手を入れた。からっぽだ。前に、卵屋の玉三郎《たまさぶろう》こと、たまちゃんがくれたもののけの卵。なんとなく、いつも持ち歩いていたけれど、それがなくなっている。

ということは、この銀色の生き物はあの卵から出てきたということか。

「用心棒って……もしかして、これ？」

「そうよ」

「でも……今まで全然《ぜんぜん》もののけが出てくる気配はなかったのに」

「庄司君の危険《きけん》を察知《さっち》して、孵化《ふか》したんでしょうよ」

もののけ屋はうらめしげに、庄司の横に座《すわ》る生き物を見た。

「その子は、魔伏《まぶせ》。悪いものから主《あるじ》を守るもののけだから。ああ、でももったいない〜。

せっかくの大物《おおもの》だったのにぃ！」

きぃきぃ言うもののけ屋に、庄司《しょうじ》はなんとなく事情《じじょう》がわかってきた。

どうやらもののけ屋は、この女の子にとりついていた影《かげ》を狙《ねら》っていたようだ。でも、魔伏《まぶせ》がそれを食べてしまったので、くやしがっているのだろう。もののけ屋にはいつも振《ふ》り回されているので、ちょっといい気味だと、庄司は思った。

ここで、女の子のことを思い出した。見れば、道に倒《たお》れてしまっている。

「あの、大丈夫《だいじょうぶ》？」

声をかけても、女の子は目覚《めざ》めない。

庄司はもののけ屋を振り返った。もののけ屋は肩《かた》をすくめた。

「とりついていたもののけが急に消滅《しょうめつ》したから、魂《たましい》にちょっとしたダメージを受けたんでしょうよ。でも、大丈夫。一か月くらいで、元どおりになると思うわ」

「あの影《かげ》は……なんだったの？」

「魔言《まこと》というはぐれのもののけよ。子供《こども》に取りついては、その願《ねが》い事を叶《かな》えてやり、かわりに強くなっていく。いわば、言葉のもののけね」

「言葉の？」

「もともと、言葉には言霊《ことだま》という力があるのよ。口に出して、何かを言うと、それが本当になることってあるでしょ？　それが言霊。で、魔言《まこと》は、汚《けが》され、ゆがめられた言霊から生まれてくるのよ。ああもう！　あの学校でいちばんの大物だったのに、大《おお》損《ぞん》だわ」

「学校にいたの？　魔言が？」

「ええ。ちょっとわけありの学校にね。前に相当悪さをしたみたい。で、そのときの先生が素人《しろうと》ながらがんばって、魔言を捕《つか》まえて、封印《ふういん》したらしいの。でも、中途半端《ちゅうとはんぱ》な封印だったから、時間が経《た》つうちに、ゆるんできてしまったんでしょうね」

そして、この女の子にとりついた。そのことを知りながら、もののけ屋はだまって見ていたのだろう。ほどよく強くなったところで、魔言を自分の百鬼夜行《ひゃっきやぎょう》にスカウトするために。

庄司《しょうじ》はむかむかして、もののけ屋をにらんだ。

「また自分勝手なことしてたんですね！」

「あらやだ。人聞きの悪いこと言わないで。確《たし》かにあの学校は、はぐれのもののけがたくさんいて、いい狩場《かりば》だったけど。ちゃんと人助けもしてましたわよ」

「ほんとかなぁ。だいたいさ、もののけ屋さんのもののけって、人を幸せにしない感じがする」

「それまた失礼《しつれい》な！」

今度はもののけ屋がむっとしたようだった。

「幸せにならないのは、人間が自分勝手だからよ。あたしのもののけちゃんたちは、自分のやるべきことをやってるだけ。それにね、数は少ないけど、もののけの力で幸せになる人間だって、ちゃんといるんだからね」

「…………」

「ほんとよ、ほんと！　うそなんかついてないんだから！　信《しん》じないの？」

「わ、わかりました。信《しん》じますよ、もう。……あの、この魔伏《まぶせ》ってもののけ、これからどうしたらいいんですか？」

すりすりしてくる魔伏をなでてやりながら、庄司《しょうじ》は尋《たず》ねた。

「そりゃ、ずっとそばに置《お》いておくしかないでしょ。その子は庄司君のものなんだから。どうせほかの人には見えないし、名前をつけてかわいがってあげなさいな。さあて、あたしはちょっとたまちゃんに文句《もんく》を言ってやらなくちゃ。それじゃね、庄司君。また会いましょう」

「会いたくないです！」

「あら、照《て》れなくたっていいのよ。ばいばーい！」

もののけ屋は街角《まちかど》の向こうに姿《すがた》を消した。

庄司はげっそりした。いつもながら、もののけ屋に会うと、すごく疲《つか》れてしまう。

もののけ屋だけではない。もののけは全部怖《こわ》いし、苦手だ。

でも、この魔伏だけはちょっと感じが違《ちが》う。犬に似《に》ているせいか、怖くないし、庄司のことが大好《だいす》きだってことが伝《つた》わってくる。

「君となら……仲良《なかよ》くできるかもね。あ、名前あげなきゃね。えっと……月丸《つきまる》ってどう？」

魔伏《まぶせ》のしっぽの炎《ほのお》が、ぱっと明るく燃《も》え上がった。どうやら気に入ったらしい。

「よしよし。それじゃ、えっと、うまくやってこうね、月丸。あ、そうだ。誰《だれ》か呼《よ》んでこなくちゃね。この子、このままにはしておけないもん」

人を呼ぶために、庄司《しょうじ》は急いで走り出した。月丸はぴったりとそのあとをついていく。まるで銀色の影《かげ》のように……。

幽人《ゆうじん》

朝、時子《ときこ》は目を覚《さ》ました。

時計を見れば、もう十時。だいぶ寝坊《ねぼう》してしまったようだけど、今日はどんな天気なのかしら？

そう思ったとたん、しゃっと、カーテンがひとりでに開いた。いつものことなので、時子は驚《おどろ》きもしなかった。差《さ》し込《こ》んでくる光を見て、微笑《ほほえ》んだ。

「いいお天気ねぇ」

しかし、長く寝ていたせいか、なんだかのどが乾《かわ》いた。

と、いつのまにかティーカップがベッドの横に置《お》かれていた。時子がいちばん好《す》きなアールグレイのミルクティだ。一口すすって、時子はにっこりした。お砂糖《さとう》もミルクもたっぷりと入っていて、時子好《ごの》みに入れてある。

「ありがとう。今日もとってもおいしいわ」

誰《だれ》もいない空間に向けて、時子はお礼を言った。

ほかの人が見たら、時子はとても変《へん》な人に見えたことだろう。誰もいないのに、一人で笑《わら》ったりしゃべったり。

でも、時子《ときこ》は決して一人ではなかった。どんなときも、彼女《かのじょ》には友達《ともだち》がついていた。

時子はうーんと、ベッドの中でのびをした。その間に、横のテーブルに朝ごはんが用意されていた。今日は、熱々《あつあつ》のおじやだ。卵《たまご》や野菜《やさい》が入っていて、栄養《えいよう》バランスも抜群《ばつぐん》。

味もとてもおいしかったが、時子は少ししか食べられなかった。

「ごめんなさい。もうおなかがいっぱい。またあとで食べるわ。ごちそうさま」

時子が頭をさげた一瞬《いっしゅん》のすきに、テーブルの上はきれいに片《かた》づけられていた。

時子はふっと息をついた。なんだか、また体がだるくなってしまった。着替《きが》えるのもおっくうなので、もう一度ベッドに戻《もど》ることにした。

ベッドに入ると、そっとクッションを背中《せなか》にあてがわれるのを感じた。

「ありがとね」

ふかふかのふとんも、まくらも、いいにおいがする。部屋の中もそうじが行き届《とど》いていて、気持ちがいい。

でも、こうしてのんびり過《す》ごせるのも、あとわずかだと、時子《ときこ》は感じていた。この世を離《はな》れるときが近づいている。

怖《こわ》くはなかった。ただ、友達《ともだち》のことだけが心配だった。

「あなたは……私《わたし》がいなくなったら、どうなるのかしらね？」

呼《よ》びかけても、返事はない。この友達は、声を持たないから。でも、そこにいる。存在《そんざい》が感じられる。

時子は目を閉《と》じながら、昔のことを思い出した。友達と、初《はじ》めて出会った日のことを。

「あの日は……雨が降《ふ》っていたわね……」

あの日、七歳《さい》だった時子は、暗い物置《ものおき》の中で泣《な》いていた。

時子は捨《す》て子で、物心がつくころには施設《しせつ》にいた。幸せだと感じたことはない。施設では年上の子供《こども》らにいじめられ、小学校にあがれば、ほかの子たちに、「親なし」と、からかわれた。

友達《ともだち》もいなければ、甘《あま》えられる大人もいない。どこにも居場所《いばしょ》がなくて、つらかった。だから、施設《しせつ》の物置《ものおき》の中に隠《かく》れて、泣《な》いていたのだ。

自分はこの世に一人ぼっちだから、きっと、誰《だれ》も探《さが》しにこないだろう。もしかしたら、この物置の中で干《ひ》からびてしまうかも。いっそ、そのほうがいいのかもしれない。

そう思った時だ。ふいに、物置の戸が開いた。

「見ぃ～つけた」

楽しそうな男の声に、時子《ときこ》は顔をあげた。

派手《はで》な着物を着た男がいた。大きくて、頭はつるりとそってあり、耳には金のイヤリングをしている。

驚《おどろ》きで、時子は涙《なみだ》も止まってしまった。

「だ、誰、ですか？」

「んふ。あたしはもののけ屋っていうのよ。あなたの声が聞こえたから、ここに来たの。あなたの望《のぞ》みもわかっているわ。……寂《さび》しいのね？」

「うん……」

どばっと、また涙《なみだ》があふれだした。

寂しい。寂しい。誰《だれ》もいなくて寂しい。

と、もののけ屋は大きな手拭《てぬぐ》いで、優《やさ》しく時子《ときこ》の顔をふいてくれた。

「さあさあ、もう泣《な》かないで。その寂しさとも、今日でおさらばできるから」

「ほ、ほんと？」

「ええ。あたしはね、あなたにもののけを貸《か》してあげに来たのよ。あなたを愛《あい》し、守ってくれるもののけをね」

時子は目を丸くした。

自分を愛してくれる？　守ってくれる？

そのすてきな響《ひび》きに、胸《むね》がどきどきとしてきた。

ただしと、もののけ屋は言葉を続《つづ》けた。

「そのもののけに、姿《すがた》はないの。それに、声もあなたには聞こえない。ただ、その存《そん》在《ざい》を感じられるだけ。でも、いつもあなたのそばにいて、決して裏切《うらぎ》ることはない。そういうもののけでよければ、貸《か》してあげるわよ。それとも、それじゃ不満《ふまん》かしら？」

ぶんぶんと、時子《ときこ》は首をふった。姿が見えなくても、声が聞こえなくてもいい。誰《だれ》でもいいから、そばにいてほしかった。その一心《いっしん》で、叫《さけ》んだ。

「ほしいです！」

「なら、握手《あくしゅ》しましょ」

差《さ》し出された大きな手に、時子は飛《と》びついた。

お願《ねが》いお願い。もう一人はいやなの！

小さな痛《いた》みを感じても、もののけ屋が「もういいわ」と言うまで、時子は手を離《はな》さなかった。

「さあ、もういいから。手を離してちょうだいな」

「……お、終わったの？　貸《か》してくれたの？」

「ええ。これであなたは一人じゃない。どんなときも最高《さいこう》にして最強の保護者《ほごしゃ》がついているから。ただし、ほかの人に心を奪《うば》われたりしないようにね。今貸《か》した子は、あなただけを愛《あい》するもののけ。だから、あなたもこのもののけだけを信《しん》じてあげて」

「わかりました」

いい子ねと笑《わら》って、もののけ屋はふっと姿《すがた》を消した。

物置《ものおき》に残《のこ》され、時子《ときこ》は途方《とほう》に暮《く》れた。また一人ぼっちになってしまった。ぐすっと、鼻をすすった時だ。

気配を感じた。

慌《あわ》てて、まわりを見た。ここはせまくて汚《きたな》い物置で、もちろん、時子以外《いがい》の人間はいない。なのに、気配がした。誰《だれ》かが見えない手で、自分のぼさぼさの髪《かみ》をなでてくれている。

「いるのね、そこに?」

答える声はなかったが、優《やさ》しい微笑《ほほえ》みがそそがれるのを感じた。

そのとき初《はじ》めて、時子《ときこ》は幸せというものを味わった。

ああ、もう一人じゃないんだ。自分を大事に思ってくれる存在《そんざい》が、ちゃんとそばにいてくれるんだ。

うれしくて、時子はにっこりした。

それからというもの、時子のまわりでは不思議《ふしぎ》なことが起きるようになった。

まず、時子をいじめる子が次々とひどい目にあった。犬にかまれたり、階段《かいだん》から落ちたり、迷子《まいご》になったり。

次に食事。小柄《こがら》な時子はほかの子におかずを奪《うば》われ、ひもじい思いをしていたのだが、それがなくなった。気がつくと、ほかの子よりもたっぷりと具やごはんが、お皿の中に入っているのだ。おかげで、がりがりだった体が少し太ってきて、顔つきも明るくなってきた。

それに困《こま》ったことが起きても、もう怖《こわ》くない。スカートに泥《どろ》がついても、いつのまにかきれいになっているし、何かをなくしても、必《かなら》ず出てくる。

毎朝のように、花も届《とど》けられた。目を覚《さ》ますと、小さなタンポポやすみれがふとんの横に置《お》いてあるのだ。時には、きれいな貝殻《かいがら》や鳥の羽根なんかもあった。とにかく、姿《すがた》の見えないもののけは、時子《ときこ》を喜《よろこ》ばせたくてたまらないようだ。

友達《ともだち》からのプレゼントを、時子は小さな箱《はこ》にしまって、大事にした。

誰《だれ》かが自分を見ている。気づかってくれている。なんてすてきなんだろう。

守られているということに、時子は天にも昇《のぼ》る心地がした。

一人で喋《しゃべ》ったり笑《わら》ったりするようになった時子を、ほかの子供《こども》たちは気味悪がって、近づかないようになった。「あいつに悪さをすると、祟《たた》られる」と、ひどいことも言われたが、時子は平気だった。友達がそばにいてくれるのだから、何も怖《こわ》いことはない。

もののけのおかげで、時子は施設《しせつ》での暮《く》らしと学校での日々を乗り越《こ》えることができた。

十五歳《さい》のとき、大きなお屋敷《やしき》に引き取られ、メイドとして働《はたら》くことになった。仕事はきつかったけれど、やりがいがあったし、もののけもついてきてくれたので、少しもつらくなかった。

ときどき、奥《おく》さまやおじょうさまから、「好《す》きにお使いなさい」と、お古の服や布《ぬの》のきれはしをもらうこともあった。時子《ときこ》は、それを使って、人形やぬいぐるみを作った。もともと手先は器用《きよう》だったし、自分の友達《ともだち》の姿《すがた》をあれこれ考えながら作るのは楽しかった。

ある日、奥さまが時子の部屋にやってきた。そして、部屋のあちこちにある人形たちに驚《おどろ》いた。

「時子。これ、あなたが作ったの？」

「はい。奥さまにいただいた布で作りました」

「……すばらしいわ。あなたにこんな才能《さいのう》があったなんて。……これはぜひ続《つづ》けるべきね」

その日から、時子はそうじや洗濯《せんたく》をしなくてよくなった。かわりに、ひたすら人形を作った。できあがった人形は、奥《おく》さまやおじょうさまのお友達《ともだち》への贈《おく》り物となった。わざわざ買いに来る人も出てくるようになった。

こうして、時子《ときこ》の人形は世間に知られていったのだ。

二十五歳《さい》のとき、時子はお屋敷《やしき》を出て、人形作家として独《ひと》り立ちすることとした。奥さまたちは気持ちよく送り出してくれた。

「がんばりなさい。あなたならきっと大丈夫《だいじょうぶ》」

「はい。本当にお世話になりました、奥さま」

「とんでもない。でも、ちょっと残念《ざんねん》ねぇ。できれば、あなたの旦那《だんな》さまが決まってから、うちを旅立ってもらいたかったわ。いい縁談《えんだん》がいくつか来ていたのに、あなたときたら、興味《きょうみ》がないとばかり言うんだもの」

「申し訳《わけ》ありません。でも、私《わたし》、本当にいいんです。一生結婚《けっこん》しないつもりですから」

「でも、それでは寂《さび》しいのではなくて?」

「いいえ、ちっとも」

晴れやかに時子《ときこ》は笑《わら》った。

自分にはもののけがいる。ずっと自分を守ってきてくれた友達《ともだち》。ずっとよりそってきてくれた優《やさ》しい家族。誰《だれ》よりも大好《だいす》きだ。だから、ほかの人はいらない。結婚《けっこん》はしないし、子供《こども》もいらない。

「ずっと二人で暮《く》らそうね」

姿《すがた》の見えない友達に、時子は約束《やくそく》した。

お屋敷《やしき》を出た時子は、庭付《つ》きの小さな家を買って、もののけと一緒《いっしょ》に暮らし始めた。

家の中には、時子とものの けだけ。誰にも気をつかわず、のびのびと、自分たちのために時間が使える。なんて贅沢《ぜいたく》なんだろうと、時子は幸せをかみしめた。

おかげで、人形作りにもますます力が入った。ありがたいことに、人形の注文はひっきりなしに来てくれたので、お金の心配もいらなかった。

一方、もののけもはりきっていた。時子のためにおいしい食事を作り、家の中をいつもきれいにし、庭で小さな家庭菜園《さいえん》を作っては、新鮮《しんせん》な野菜《やさい》や果物《くだもの》を時子に持ってきてくれた。

本当に満《み》ち足りた毎日だった。

「あなたはほんとに私《わたし》の宝物《たからもの》。一緒《いっしょ》にいてくれて、ありがとう」

毎晩《まいばん》、眠《ねむ》る前に、時子はもののけにお礼を言った。すると、もののけはそっと時子にふとんをかけてくれるのだ。まるで「自分はここにいるから、安心して眠りなさい」と言うように。

誰《だれ》にも邪魔《じゃま》をされない二人きりの暮《く》らしは、そのまま何十年も続《つづ》いた。

いつのまにか時子は七十歳《さい》を過《す》ぎていた。最近《さいきん》は、体のあちこちがしびれ、重く、何をするのもおっくうになってきた。ベッドの中で過ごすことが多くなり、いつのまにかとろとろと眠ってしまう。そのうち、この眠りの中に引き込《こ》まれ、二度と目を覚《さ》まさなくなるのだろう。

まどろみながらも、時子はもののけのことを思った。

「あなたは……私がいなくなったら、どうなってしまうのかしら?」

不安《ふあん》のあまり、思わずつぶやいたときだ。「心配いらないわよ」と、男の声がした。時子《ときこ》ははっと目覚《めざ》めた。この家の中で、自分以外の声を聞くのは初《はじ》めてだ。目を開ければ、ベッドの横に男が一人、立っていた。その姿《すがた》に、時子は目をぱちぱちした。それから、にっこり笑《わら》ったのだ。

「おひさしぶりですね」

「そうね。ざっと六十年ぶりってところかしら」

「六十年……あなたは、少しも変《か》わらないのですね、もののけ屋さん。六十年前とまったく同じだわ」

「あらぁ、そんなことはないわよ。六十年前よりおしゃれになって、ずっと美しくなったって思わない？」

んふと笑ってから、もののけ屋はしみじみとした様子で時子を見た。

「あなたはずいぶん変わったわねぇ。前に会った時は、痩《や》せて、不幸そうな女の子だったのに。それがどう？　こんなにふくよかな、すてきなおばあちゃんになるなんて。

さすがのあたしも予想しなかったわ。それに、正直、こんなに長くあたしのもののけを貸《か》し出すことになるとは思わなかった。だいたいの人は、もののけの扱《あつか》いが下手でねぇ。あなた、たいしたものよ。手に入れた幸せに満足《まんぞく》する。それができる人間って、めったにいないんだから」

「ええ、私《わたし》はずっと幸せでした。なにもかも、お友達《ともだち》のおかげです」

微笑《ほほえ》んだあと、時子《ときこ》は真剣《しんけん》な顔で尋《たず》ねた。

「私のお友達を迎《むか》えに来てくれたんですね？」

「ええ」

「よかった。それだけが心配だったんです」

ふうっと、時子は安心したように目を閉《と》じた。

「長い間……ほんとにありがとう。そばにいてくれて、ありがとう」

時子はそのまま眠《ねむ》りへと落ちていった。その呼吸《こきゅう》が少しずつ小さくなっていき……ふっと止まった。

部屋の中に沈黙《ちんもく》と、深い悲しみが広がった。

誰《だれ》かが泣《な》いていた。声を出さず、空気を震《ふる》わせて泣いている。

もののけ屋は優《やさ》しく言った。

「そんなに泣かないで、幽人《ゆうじん》ちゃん。この人も言っていたでしょ？　あなたのおかげで幸せだったって。かけがえのない時間を、あなたと過《す》ごせたんだもの。こんなすてきなことってないわ。だから、ほら、泣きやんで。そして戻《もど》ってらっしゃい。あなたがいない間に、ずいぶん仲間《なかま》も増《ふ》えたのよ。あとでゆっくり紹介《しょうかい》してあげるから」

さしのべたもののけ屋の手に、何かが舞《ま》いおりた。

と、その羽織《はおり》の袖《そで》に、ぽっかりと、白い空白ができた。何もないのに、確《たし》かな存在感がある空白だ。

「お帰り、幽人ちゃん」

もののけ屋はにっこりした。

「さてと、あたしもそろそろ行かないと。あ、そうだ。今度、庄司《しょうじ》君に、幽人《ゆうじん》ちゃんと時子《ときこ》さんの話をしてあげなきゃね。あたしのもののけは、誰《だれ》も幸せにしないですって？　冗談《じょうだん》じゃないわ。ちゃんと幸せになった人がいるってこと、教えてあげなくちゃ」

そんなことをつぶやきながら、もののけ屋は部屋を出ていった。

おや、カウンセラーの先生じゃないですか。どうしたんです、こんな夜遅《おそ》くに？

え？　今日でこの学校を出て行くから、最後《さいご》のしあげに来た？　やめちゃうんですか、ここを？　そりゃまあ、残念《ざんねん》なことで。

　でも、先生が来てから、ここの学校はずいぶん変《へん》なことが減《へ》りましたからね。たいしたもんですなぁ、カウンセラーって。

　……ねえ、連絡先《れんらくさき》を教えてもらえませんかね？　今度、俺《おれ》も先生に相談《そうだん》させてもらいたくて。いやね。最近《さいきん》、どうも変なんですよ。記憶《きおく》が飛《と》ぶってやつでね。気がつく

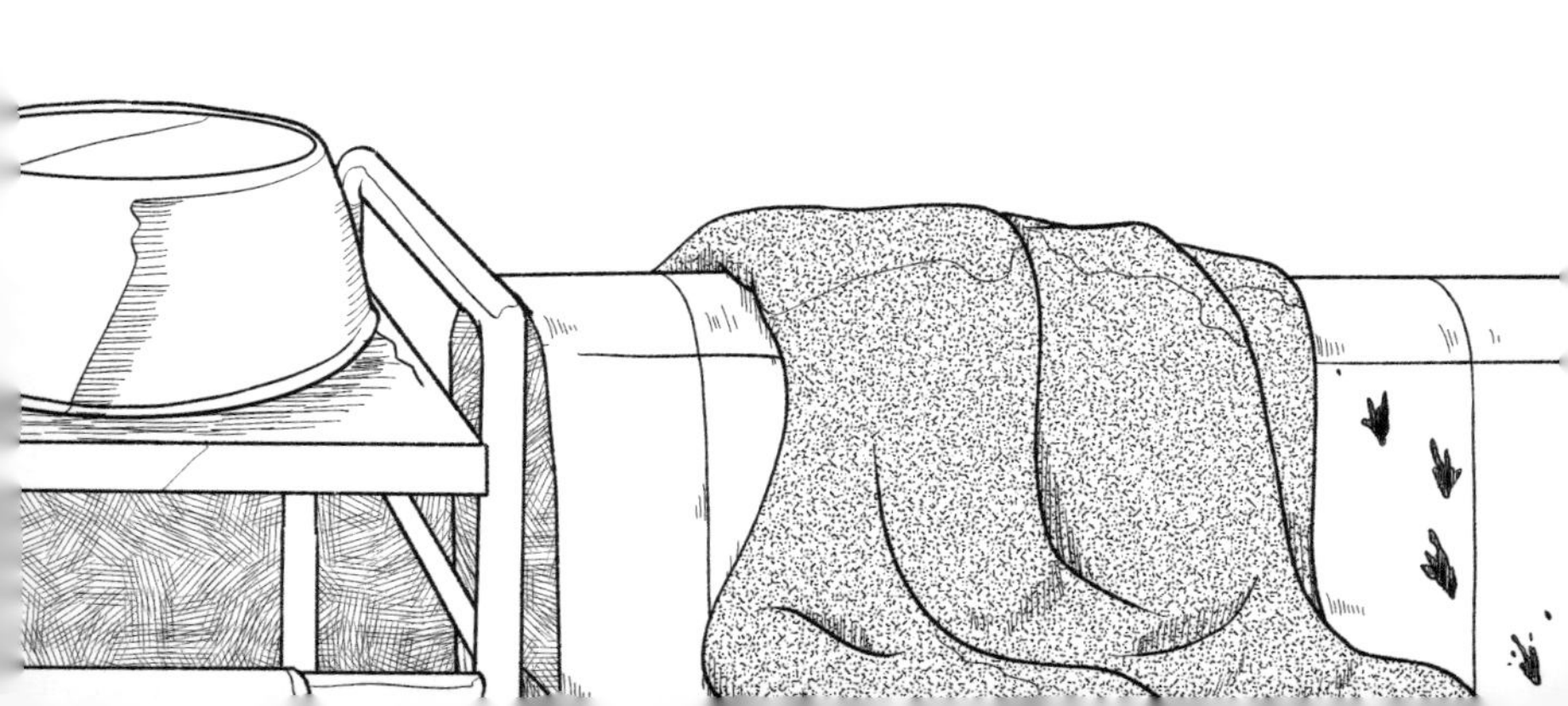

と、ふらふら学校を歩いていたりするんですよ。ちょっと心配でね。

……え？　魔《ま》が憑《つ》いてる？　またまたそんな。からかっちゃいやですよ。

……え？　な、なんですか？　いや、確《たし》かにそうじをしてて、花壇《かだん》の隅《すみ》にあった石を動かしたけど。なんで、それを知ってるんで？

ちょ、ちょっと。そんな近づいてこないでくださいよ！

あんた、な、なんなんだ、いったい……。

もののけ手帖

厄喰い

身にふりかかる災難を果物にして食べてくれるありがたい存在。その果物はとってもおいしそうだけど、決して分けてはくれない。

妖蘭

植物にパワーを与え、大きくきれいに育てる力を持つ。妖蘭さえいてくれれば、夏休み中のアサガオやヒマワリも心配ご無用。

名喰い鳥

自分の名前を好きな名前と、いつでも何度でも取りかえてくれる。ただし、一度手放した名前には二度と戻れないので要注意。

魔言

ひとの願いをかなえることで、自らのパワーを回復していくもののけ。どんどん願いをかなえて、どんどん強くなって、やがては……

月丸

二丁目の卵屋たまちゃんが庄司にくれた用心棒。魔伏という妖怪で悪いものから主人を守る。庄司のことが大好き。

幽人

姿かたちは目にみえないけれど、いつも必ずそばにいてくれて、あなたのことだけを愛してくれる、最高にして最強の友だち。

作 廣嶋玲子《ひろしまれいこ》

神奈川県生まれ。『水妖の森』でジュニア冒険小説大賞受賞。主な作品に『送り人の娘』『孤霊の檻』ほか「はんぴらり」シリーズ、「ふしぎ駄菓子屋銭天堂」シリーズなどがある。

絵 東京《とうきょう》モノノケ

静岡県静岡市を拠点に活動する、日本の古いものと妖怪が大好きなイラストレーター。

もののけ屋《や》[図書館版] 三度《ど》の飯《めし》より妖怪《ようかい》が好《す》き

2018年2月20日　第1刷発行
2023年6月 1 日　第3刷発行

作者　廣嶋玲子
画家　東京モノノケ

装丁　城所 潤（ジュン・キドコロ・デザイン）

発行者　中村宏平
発行所　株式会社ほるぷ出版
〒102-0073 東京都千代田区九段北1-15-15
電話 03-6261-6691
https://www.holp-pub.co.jp

印刷・製本　中央精版印刷株式会社

ISBN 978-4-593-53534-7

この本は2017年2月に静山社より刊行されたものの図書館版です。

もののけ屋
一度は会いたい妖怪変化

廣嶋玲子 作　東京モノノケ 絵

あらあ？
あなたなにかお困りのようね？

簡単に言うと、ぼっちゃん、おじょうちゃんが
「こんな力があればなぁ」とか
「あんなことができたらなぁ」とか
思うような力を、あたしは持っているの。
それを貸してあげるってわけ。
ちょっとだけ条件つきだけどね。あら、簡単な条件よ。
どう？　いいでしょ？　いいわよね？
じゃっ、契約の握手をしましょ……。

もののけ屋
二丁目の卵屋にご用心

廣嶋玲子 作　東京モノノケ 絵

ねぇ、しってる？
妖怪を貸してくれるっていう男の話。
都市伝説かなあ

もののけって、妖怪とかお化けのことなんだけど、
そういうのって、もう絶滅したって思ってる？
そりゃそうよねぇ、夜だってこんなに明るくちゃ、
〝闇の力〟も隠れる場所がないわよねぇ？
……でもね、ちゃあんといるのよ。今も。
あら、信じないの？　だったら貸してあげるわよ、
あなたにぴったりのもののけちゃんがいるの……。

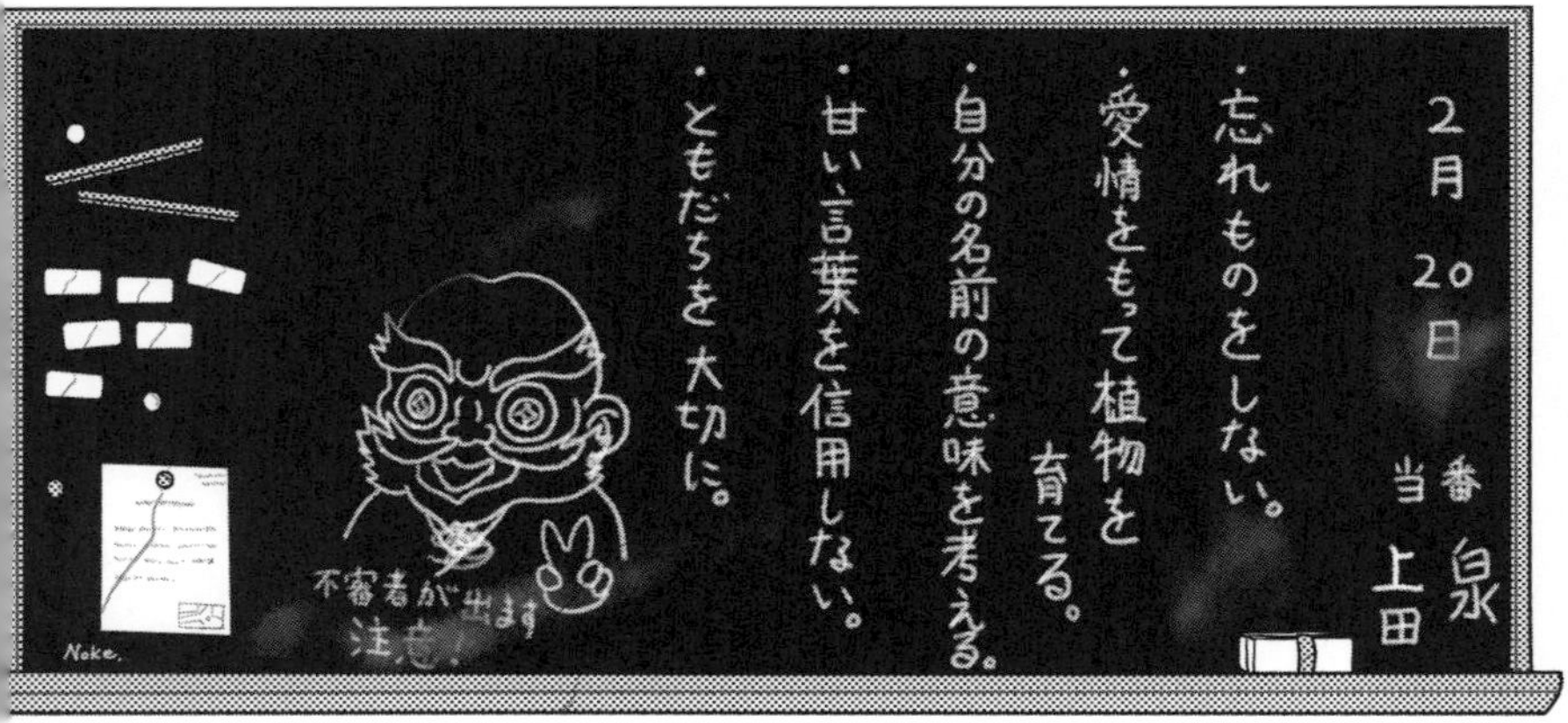
2月20日
当番
泉
上田
・忘れものをしない。
・愛情をもって植物を育てる。
・自分の名前の意味を考える。
・甘い言葉を信用しない。
・ともだちを大切に。
不審者が出ます
注意！
Noke.